D1872560

Deutsch von Gesine Strempel

JANE LAZARRE

EINE ART UNSCHULD

Roman

ROWOHLT

Die Originalausgabe erschien 1980 unter dem Titel
«Some Kind of Innocence»
bei The Dial Press, New York
Schutzumschlag- und Einbandentwurf von Klaus Detjen

1. Auflage September 1982
Copyright © 1982 by Rowohlt Verlag GmbH,
Reinbek bei Hamburg
«Some Kind of Innocence» Copyright © 1982
by Jane Lazarre
Alle deutschen Rechte vorbehalten
Gesetzt aus der Baskerville auf der Linotron 404
Druck und Bindung Clausen & Bosse, Leck
Printed in Germany
ISBN 3 498 03826 5

Ich danke Joyce Johnson,
Carole Rosenthal und Lynda Schor
für Ermutigung und Rat.

Hängt nicht alles von unserer Erklärung des Schweigens um uns ab?

LAWRENCE DURRELL, «Justine»

I

DIANA
Verliebt

Aber sie wollte verführt werden. Sie wollte auf die Probe gestellt werden durch seine Kennerschaft, erkannt werden. Und sie bezahlte auch dafür, daß sie es wollte.

D. H. Lawrence, «Edgar Allan Poe»

Diana stand auf dem Gehweg gleich an der Endstation der U-Bahn weit draußen in Queens, wo sie mehr als hundertmal im vergangenen Jahr gestanden und auf ihn gewartet hatte. Hundertmal. Ein Jahr. Es war unfaßlich, wirklich, daß es so lange gehalten hatte, wenn sie an die Schwierigkeiten dachte. Beide verheiratet, beide am selben College lehrend, und all ihre gemeinsamen Freunde! Sie mußten sich draußen in Queens treffen, um sich anonym genug zu fühlen, um sich sicher zu fühlen – aber nicht nur vor den Blikken ihrer Freunde und ihrer Studenten. Sie hatten Angst vor ihren eigenen Wünschen, aus ihren Ehen auszubrechen, weil sie, nach zehn oder zwölf Jahren, so sehr gewöhnt waren an die Sicherheiten der Häuslichkeit, die schützenden Bindungen des Familienlebens. Aber er hatte mehr Angst als sie. Monatelang war das das Hauptthema jedes ihrer Gespräche gewesen.

Sie: Wir sollten wenigstens über Trennung und Zusammenleben reden, weil es das ist, was wir beide wollen.

Er: Ich kann nicht darüber reden. Ich kann nicht

einmal darüber nachdenken, ohne in Panik zu geraten. Ich liebe dich. Ich begehre dich mehr, als ich irgend etwas begehrt habe. Ich weiß, daß ich mich bei dir verändern, mit dir zusammen wachsen könnte.

Aber dann würde er weinen. Sie hatte noch nie bei einem Mann so schnell die Tränen kommen sehen. Nicht einfach nur Tränen. Es war ein Schluchzen und ein jammervolles Stöhnen, als ob sein Innerstes blutete.

Er weinte – er erklärte es ihr immer wieder –, weil er etwas wollte, was er nicht durfte, weil er entsetzt war bei dem Gedanken, Susan zu verlassen, weil er von Schuldgefühlen geschüttelt wurde bei der Vorstellung, die Familie seiner Kinder zu zerstören, weil man ihm immer, seit er ein kleiner Junge war, das Gefühl vermittelt hatte, daß die allergefährlichste Sache auf der Welt seine eigenen Bedürfnisse seien. Als Baby war er so gierig gewesen, daß es zweier Leute bedurfte, um ihn schnell genug zu füttern, wie seine Mutter ihm immer erzählt hatte. Er weinte, weil er seine Frau verlassen und bei Diana sein wollte und es nicht fertigbrachte. Und zugleich weinte er, weil er seine Frau nicht verlassen wollte. Wenn er so weinte und sein ganzer Körper vor Schluchzen bebte, wollte sie ihn nur trösten – zur Hölle mit der Wahrheit. Sie wollte ihn nur halten und sagen: Wein doch nicht, du mußt sie ja nicht verlassen. Ich werde dich immer lieben, so oder so. Und dann streichelte sie seinen breiten Nacken und schob die Fingerspitzen leicht unter den Kragen seines dünnen Hemdes.

Sie selber hatte nicht so viel Angst wie er, auch nicht davor, ihren Kindern weh zu tun. Vielleicht hatte er recht – daß er sie nicht weniger liebte als sie ihn, daß seine größere Angst etwas mit geschichtlichen Überlieferungen, mit männlichem Pflichtbewußtsein, wie gering es auch nur noch sein mochte, zu tun hatte. Wenn sie allein war, wußte sie nie, ob er recht hatte oder nicht. Aber sie versuchte ihm zu glauben, bis ihre eigene panische Angst sie drängte, ihn zu zwingen, wieder darüber zu sprechen.

Sie hatten dieses Gespräch viele viele Male geführt. So oft, daß er beim letztenmal zum Schluß immer wieder gesagt hatte: «Das ist zuviel für mich, ich möchte nie wieder darüber reden. Ich möchte nur wieder an die Arbeit gehen.»

Arbeit. Er war ein Mann. Wie schlimm es auch kam, er hatte immer seine Arbeit. Aber sie hatte das ganze Jahr über, seit sie ihn kannte, nicht einen Tag gute, konzentrierte Arbeit geleistet.

Sie wartete auf dem Gehweg, sah zwanghaft alle paar Sekunden auf ihre Uhr, zog die Lippen etwas nach, um sich so davon abzuhalten, sich auf die Lippen zu beißen, spielte mit der Münze in ihrer Manteltasche, die sie benutzen würde, um ihn anzurufen, falls er innerhalb der nächsten zehn Minuten nicht kam. Er hatte sie unbekümmert aufgezogen mit ihrer fanatischen Pünktlichkeitsliebe, damit, daß sie nie, absolut niemals zu spät kam. Und gelöst durch seinen liebevollen Spott, hatte sie ihm von dem Roman über die Zeit erzählt, den sie schreiben wollte. Die eigentliche Dauer der Handlung würde nur fünfzehn bis zwanzig Minuten betragen, höchstens eine Stunde. Aber in der Erkundung der Worte, der gesagten und der ungesagten, der Gesten, der großen und der feinen, und vor allem des Umgangs der Romangestalten miteinander würde ein ganzes Leben, die Zeit eines ganzen Lebens, ja die Lebenszeit ganzer Generationen offenbar werden. Die Zeit würde vertikal verlaufen, angefüllt mit endlos anhaltenden Tiefen, so wie sie selbst sie erlebte. Deshalb kam ihr die Zeit so lang vor, erschien ihr jeder Augenblick mit unausweichlichem Bewußtsein beladen, mit sich akkumulierenden Schichten von Widersprüchen, Parallelen, Verbindungen, Assoziationen, bis sie oft ganz erschöpft davon war und ihre Stirn in rhythmischem Schmerzgetrommel pochte. Es war angenehm, wenn er mit seinem Spott diese Schmerzen linderte. Und sein Spott war, wie sie wußte, als Kompliment gemeint, denn Susan hatte die Angewohnheit, ihn stundenlang warten zu lassen. Susan hatte die Angewohnheit, jede Form von Sex mit ihm zu verabscheuen. Susan hatte die Angewohnheit, ihn wo sie nur konnte zu verletzen. Aber er konnte Susan nicht verlassen. Vor allem jetzt nicht. Seit sie netter geworden war. Sie war netter geworden, seit sie wußte, daß ihr Mann ein Verhältnis mit ihrer Freundin Diana hatte.

Gleich nachdem Susan es herausgefunden hatte, vor über einem Jahr jetzt, waren sich die beiden Frauen zufällig bei einem großen Fest im Park begegnet. Ihre Freundschaft war noch nicht offiziell beendet.

Der schnell zerschleißende Schleier der Täuschung lag an seinem heiklen Platz.

Sie standen mehrere Meter voneinander entfernt, beide ganz ähnlich gekleidet, in ihren T-Shirts und Jeans. Von der Erscheinung her jedoch waren sie sehr verschieden. Susan wirkte etwas hart, auf eine Art, die Diana schön fand. Ihr langes dichtes kastanienbraunes Haar rahmte ein schmales, ernst blickendes Gesicht. Oft stand sie so da, als umarmte sie sich selbst, die Arme über der Taille verschränkt, die Beine an den Knöcheln gekreuzt, den Rücken leicht gerundet zu einer schützenden Schale. Aber wenn sie sich öffnete und streckte, konnte man sehen, daß sie einen anziehenden Körper hatte, schlank, die Brüste klein und die Hüften breit. Trotz ihrer oft unvorteilhaften Haltung bewegte sie sich mit der Ungezwungenheit einer Frau, die in vollem Selbstvertrauen eitel ist, und nur an bestimmten winzigen Kleinigkeiten ließ sich die Zerrissenheit ihres Gefühlslebens erkennen. Ihre Fingernägel waren bis zur Kuppe abgeknabbert, und einmal hatte sie Diana gestanden, daß sie manchmal nur wußte, wie es ihr ging, wenn sie ihre Fingernägel betrachtete. Waren sie abgeknabbert und rissig, bedeutete das, daß sie aufgeregt war. Anders hätte sie es vielleicht gar nicht gemerkt. Diana war runder, aber dunkel wie Susan, bis auf ihr Haar, das dünn und hellbraun war wie das von Michael und dazu neigte, ständig aus den Spangen herauszurutschen, mit denen sie es hinten im Nacken feststeckte. Jetzt biß sie sich auf die Lippen – auf die gewohnte Art, die sie selbst wie auch andere wahnsinnig machte, die aber immer mit ihren Ängsten einherging.

Während sie auf Susan zuging, in dem ersten Augenblick, als sie einander ansahen, dachte Diana, daß sie die ganze Sache aufgeben, den Schmerz der Trennung von Michael ertragen könnte, wenn Susan nur mit ihr redete – ja, daß Susan, indem sie mit ihr redete, nur sie beide allein, ihr helfen könnte, die ganze Sache aufzugeben, daß sie der einzige Mensch auf der Welt war, der ihr helfen konnte. Nicht daß Diana Vergebung suchte. Sie war, auch in ihrem tiefsten Innern, überraschend frei von Schuldgefühlen, beiden, Susan wie auch ihrem eigenen Mann, Julien, gegenüber, der überhaupt nichts zu ahnen schien. Der Gedanke war mehr auf ihr eigenes Ich bezogen. Sie dachte, Susans Sicht, die Art, wie sie Michael sah, könnte sie von ihrer Besessenheit befreien, den Mann wieder real werden lassen, sie daran erinnern, daß der offenbare Widerspruch seiner Liebe zu zwei so verschiedenen Frauen irgendwo eine Grundlage haben mußte und daß durch die Vereinigung von Michael, Dianas stürmischem Liebhaber, und Michael, Susans folgsamem Ehemann, beide Frauen vielleicht etwas freier werden könnten. Diana sah in Susans dunkelblaue Augen. Mehr als irgend etwas anderes an Susan zogen sie diese Augen an. Es lag so etwas wie ein vages und verführerisches Versprechen in ihnen, daß die richtige Person die Kälte dieser Frau überwinden könnte. Sie bewirkten, daß Diana etwas spürte, was sie einmal bei einem homosexuellen Jungen, den sie liebte, gespürt hatte – sie war beseelt gewesen von der quälenden, großartigen Hoffnung, daß sie, nur sie, ihn umdrehen könnte. Von all den Frauen, die sie kannte, war Susan die, mit der sie am liebsten geschlafen hätte.

«Laß uns miteinander reden, Susan», sagte sie. «Wir haben uns eine Menge zu erzählen.»

Kinder, aufgekratzt von dem großen Nachbarschafts-Picknick, tobten um sie herum. Leute standen in kleinen Gruppen beisammen und unterhielten sich über angenehme, alltägliche Dinge. Männer, die jetzt Mitte oder Ende Dreißig waren und sich der Zwänge in ihrem Leben bewußt wurden, flirteten wie verrückt mit Frauen anderer Männer. Die Frauen, von denen die meisten erst vor kurzem wieder irgendeine Arbeit angenommen hatten nach vier oder fünf Jahren der Schwangerschaften, Geburten und des Kinderaufziehens, tranken Weißwein aus großen Pappbechern, packten Eßsachen aus und öffneten Thermosflaschen mit Limonade, während sie untereinander die verschiedensten Intimitäten aus ihrem Leben austauschten. Schinken wurden in Scheiben geschnitten, Kekse verteilt. Einige holten noch ein paar Liter Wein in dem Geschäft an der Ecke für den Fall, daß der vorhandene nicht ausreichte. Wie aus dem Nichts erschienen war da plötzlich ein Joint – die Leute begrüßten ihn mit blasierter Lässigkeit und reichten ihn herum.

«Mir liegt an dir, Susan», sagte Diana. «Ich muß

dir eine Menge erzählen. Wir haben einander vieles zu sagen.»

Susan sah an ihr vorbei. Ihr Gesicht war blaß, verzerrt, wütend. Der Mund zusammengepreßt. Diana wußte nicht, ob Susan in Tränen ausbrechen oder ihr ins Gesicht schlagen würde.

«Ich weiß alles, was ich wissen muß, Diana», sagte sie vorsichtig. «Es gibt nichts weiter, was ich von dir wissen möchte.»

Diana kam sich vor, als wäre sie geohrfeigt worden. Hatte Susan also bequemlichkeitshalber die wenigen vertrauten Gespräche vergessen, die die beiden Frauen miteinander geführt hatten – wie sie versichert hatte, sie wünschte nur, Michael hätte Affären? Daß es ihr nicht das geringste ausmachen würde? Einmal hatte sie sich gerade noch rechtzeitig bremsen können, Diana vorzuschlagen, sie solle mit ihm schlafen. Wenigstens war es Diana so vorgekommen. Oder wenigstens hatte sie das Bedürfnis gehabt, daß es ihr so vorkam.

Als ihre Affäre mit Michael begann, hatte sie sich gezwungen, sich auf diese Erinnerungen zu konzentrieren; sie vergaß dabei, was sie über menschliche Bedürfnisse und innere Widersprüche wußte, wollte sich nicht eingestehen, daß Susan verletzt wäre, wenn sie es wüßte. Aber auch schon ehe es begann, hatte Diana sich gezwungen, jeder Vertrautheit mit Susan zu widerstehen. Ihr war von Anfang an unbehaglich dabei zumute gewesen, wie Susan Theorien über die «kranke Familie» abspulte, Theorien, die immer absolut narrensicher waren und die Diana immer mit dem Gefühl zurückließen, daß sie wieder einmal geschickt in eine Ecke hineinerklärt worden war, wo sie in der Falle saß und sich völlig falsch verstanden fühlte. Die Theorien waren immer kompliziert, weitschweifig, von scharfen Einsichten geprägt, aber letztlich schufen sie jedesmal eine Realität, die Diana als falsch empfand, da sie immer strikt auf einen einzigen Gesichtspunkt beschränkt blieb. Mit genau derselben perfekten und verdächtigen Sicherheit belehrte Susan ihre Kinder. Nicht daß sie ihnen etwas Falsches gesagt oder sie schlecht behandelt hätte. Im Gegenteil, wenn ihre Tochter einen Wutanfall hatte, sagte Susan vernünftig und durchaus zutreffend: «Ich nehme an, dir geht es schlecht, weil Daddy ohne dich weggegangen ist.»

Sie sagte so etwas mit einer Bestimmtheit, als hielte sie eine Vorlesung über die Entwicklung des Kindes, als wäre sie eine erfahrene Ausbilderin angehender Kindergärtnerinnen. Und der Wutanfall steigerte sich prompt in die wohlbekannten Höhen kindlichen Terrors. Worauf Susan mit ihren Erklärungen fortfuhr und das Kind schließlich in ein anderes Zimmer brachte, wo es nach Belieben weinen und schreien konnte. Es sah alles sehr vernünftig aus. Aber Diana hatte, während sie dabei zusah, das starke Gefühl, daß Mutter wie Tochter Rollen verkörperten und daß beide nicht ganz überzeugt waren von dem Part, den sie spielten. Es kam auch vor, daß Susan, wie jede andere Mutter, plötzlich die Geduld verlor und ihr weinerliches Kind verdrosch, so daß es in jäher, willkommener Fügsamkeit verstummte. Bei solchen Gelegenheiten hätte Diana immer am liebsten die Arme um Susan gelegt, wenn diese fast außer sich schien, aber bevor sie irgend etwas dergleichen tun konnte, hatte Susan sich wieder in der Gewalt – der Zorn endete abrupt, und dem Kind wurden wieder mit verhaltener Stimme Erklärungen gegeben.

Diana hatte beschlossen – ganz bewußt, jedoch mit einem starken, anhaltenden Gefühl des Bedauerns –, einer Freundschaft mit Susan zu widerstehen. Sie fürchtete sich vor der Kälte, fürchtete sich davor, immer wieder diesen chronisch unerreichbaren Menschen nachzujagen, die sich oft, gerade weil sie ihre Gefühle nicht verbarg, zu ihr hingezogen fühlten, eine Zuneigung, die sie lange Zeit in Freundschaften mit Frauen und Männern erwidert hatte – mit Sicherheit bei ihrem Mann. Aber sie wollte dieses unerreichbare Ziel nicht länger verfolgen, hatte sie beschlossen. Und als sie Susan kennenlernte, als sie merkte, daß sie sich nach Susans Gesellschaft sehnte, um ihr Lächeln warb, geschickt in ihre Geheimnisse eindrang, das Bedürfnis hatte, ihr ihre eigenen Schwächen zu beichten und ihr ihre Stärke – ihre Leidenschaft – zu Füßen zu legen, als sie sich dabei ertappte, daß sie dachte und es sogar zu Susan sagte: «Aber du bist doch ein gefühlvoller Mensch, du *kannst* fühlen» – als sie sich dabei ertappte, wie sie sich eine Gestalt erschuf, statt die vorhandene aus Fleisch und Blut zu akzeptieren, gebot sie sich jäh und unbarmherzig Einhalt. Sie fürchtete sich davor, verletzt zu werden. Am Ende würde sie mehr wollen, mehr brauchen, mehr lieben. Die ersten Anzeichen dafür hatte es bereits gegeben.

Als sie sich sexuell mit Macht zu Susans Mann hingezogen fühlte, erinnerte sie sich an jene anderen Gespräche – die, in denen Susan jedes eigene Verlangen nach Michael geleugnet, in denen sie großmütig und verführerisch versichert hatte, wie sehr sie sich geradezu danach sehne, daß er eine andere finde, die statt ihr bereit sei, seine unmäßigen, überwältigenden, unersättlichen sexuellen Bedürfnisse zu befriedigen.

Im Park jetzt sah Diana ihr direkt in die Augen, die absichtlich wegblickten, und sie fragte sich ungläubig: Will sie im Ernst jetzt die gekränkte, leidende Ehefrau gegenüber der rücksichtslosen, geilen Hure spielen?

«Du weißt nicht alles, Susan», sagte sie nur und fügte im stillen hinzu: Du magst einen harten Kurs verfolgen, Lady, aber du weißt nicht alles über mein Leben. Doch viele gute Sätze kamen nie über Dianas Lippen, und sie sagte nur noch einmal: «Es gibt vieles, worüber wir reden könnten.»

Und dann bemerkte sie das krank machende Gefühl tief drinnen, als ob sie wieder einmal zu weit ginge, verzweifelt die Hand ausstreckte nach etwas Verbindendem, wo es nichts gab, darauf beharrte, daß Vernunft und Offenheit zwingende Lösungen für gegenseitige Mißverständnisse seien. Sicher – es hatte reichlich viele Mißverständnisse gegeben. Aber sie spürte die Kälte, die auf sie eindrang, die Demütigung, zu bitten und abgewiesen zu werden, das eisige Wasser, und sie hätte es wissen sollen, bevor sie sich darauf einließ.

«Ich verstehe nicht», sagte Susan in gleichmütigem Ton, strich sich eine lange dicke Haarsträhne, die ihr über die Augen gefallen war, zurück und sah Diana jetzt direkt an, «wieso du anzunehmen scheinst, über die Dinge zu reden müsse hilfreich sein.»

Dann folgte ein Schweigen, in dem Diana einen Moment lang spürte, daß etwas Richtiges war an dem, was Susan da gesagt hatte; daß es andere Möglichkeiten gab, als dem Leben eine Lösung einzureden; daß Worte, die ihr das Gefühl gaben, die Situation in der Hand zu haben, nicht bei jedem so funktionierten und daß, auch bei ihr, das Gefühl, die Situation in der Hand zu haben, ebensooft eine Illusion war, wie es den Tatsachen entsprach. Aber angesichts des beharrlichen Schweigens, in das Susan sich hüllte, ging ihr diese wahre Erkenntnis verloren, und schließlich sagte Diana nur etwas dümmlich, wobei sie zu Boden blickte: «Ich sehe es einfach so.» Sie kam sich vor, als hätte sie einen Wettkampf verloren, als hätten sie beide in Wirklichkeit an einem Wettlauf bis zu einer bestimmten Ziellinie teilgenommen, während sie selber gedacht hatte, sie liefen einfach nur so ein Stück vor sich hin. Dann sah sie einen Ausdruck unverkennbaren Schmerzes über Susans Gesicht gleiten, und ihr wurde mit Schrecken bewußt, daß sie, wenn sie nicht irgendwann miteinander redeten, wie sie es nun offenbar nie tun würden, beide auch nie wirklich die Wahrheit zu fassen bekämen. Daß, ohne die Subjektivität der anderen, jede von ihnen für den Rest ihres Lebens dazu verdammt war, sich mit ihren bruchstückhaften Erfahrungen zu begnügen.

«Wie willst du es denn haben?» fragte sie, und obwohl sie sich um einen respektvollen Ton bemühte, klang unvermeidlich etwas von der Bitterkeit durch, die sie tatsächlich empfand. «Daß wir auf der Straße einfach aneinander vorbeigehen und so tun, als wäre nichts passiert? Daß wir ‹Hallo› sagen und mit den Kindern reden?»

«Genau so möchte ich es haben.» Es war eine klare Antwort gewesen, bei der Susan wieder leicht an Dianas Augen vorbeigeblickt hatte.

«Das wird mir sehr schwerfallen», sagte Diana.

Und Susan hatte gekontert: «Wir haben eben alle unsere eigenen Methoden, uns zu schützen.»

Und es war so gelaufen, wie Susan es gewollt hatte. Diana hatte nie wieder den Versuch gemacht, mit Susan zu reden. Eine Zeitlang dachte sie oft an Susan und träumte von ihr, spielte in Gedanken Tausende möglicher Konfrontationen durch, mörderische Beschuldigungen, gegenseitige Geständnisse, Versöhnungen. Aber nach wenigen Monaten frostiger «Hallos» und distanzierter «Wie geht's?» und mechanischer «Gut, und dir?» hörte sie auf, noch viel an Susan zu denken. Sie war mit ihrer wachsenden Leidenschaft für Michael beschäftigt, und Susans Leben gewann nur dann Realität für sie, wenn sie gezwungen war, sich in der Gegenwart der anderen Frau aufzuhalten, oder wenn Michael von ihr sprach und von seinen Schuldgefühlen, weil er sie weiterhin belog. Schließlich war es nie Dianas Absicht gewesen, Susan zu verletzen. Es war weit schlimmer. Es war ihr gleichgültig, ob sie Susan verletzte. So über die Maßen verliebt war sie in Michael.

Susan hatte natürlich darauf bestanden, daß die Affäre aufhörte. Und er hatte es versprochen. Aber sie hörte nie auf. Höchstens ein, zwei Wochen lang. Und dann rief er Diana an. Und dann stand sie auf dem Gehweg an der Endstation der U-Bahn weit draußen in Queens und wartete auf ihn, so wie sie jetzt dort stand und wartete.

Jedesmal, wenn sie nach einer kurzen, unbedeutenden Zeit der Trennung wieder herkam, fragte sie sich, warum es ihnen wohl so schwerfiel, einander zu verlassen. Oft waren sie, wenn sie zusammen waren, beide unglücklich. Je mehr er sie liebte, sagte er, um so mehr spürte er, wie er sich entzog. Und je mehr er sich entzog, um so mehr schien es, begehrte sie ihn, als brächten seine subtilen Grausamkeiten die verzweifelteren Seiten ihres Verlangens hervor. Seine vielfältigen Fähigkeiten, seine Gefühle auszudrükken, das tiefe Bedürfnis nach Liebe, all das, was sie ursprünglich dazu gebracht hatte, sich in ihn zu verlieben, zeigte sich ihr jetzt nur noch selten. Er hielt sich zurück, wenn sie ihn küßte, wenn sie ihm von ihrer Liebe sprach. So wie ihr Mann sich immer zurückhielt. Sie hatte gemeint, einen gefühlsmäßig verarmten, sich verweigernden Ehemann gegen einen vertrauten, offenen Geliebten zu tauschen, und fand sich lediglich in genau der gleichen Lage wieder, in der sie sich nun schon seit zehn Jahren befand: anklopfend, Einlaß begehrend.

Er hielt sich zurück, und je mehr er sich zurückhielt, um so trauriger und einsamer wurde sie, um so mehr fühlte sie sich an ihn gebunden.

«Du sollst nicht so verloren aussehen», sagte er dann.

Aber du bringst mich dazu, daß ich mich verloren fühle, weil du mich nie offen liebst, sagte Diana dann, aber nur im stillen.

Sie schwieg immer mehr, wenn sie mit ihm zusammen war – das Schweigen ersetzte die Schreie, die sie jedesmal hinunterschluckte, wenn er sagte, nein, er könne nicht mit ihr schlafen, nein, er könne sie nicht küssen, nein, er werde niemals seine Frau verlassen können. Jedesmal ließ er sie an der Ecke warten.

Sie sah auf ihre Uhr. Er war schon zwanzig Minuten zu spät dran. Während sie weiter wartete, begannen zwei Stimmen in ihr eine endlose Debatte darüber, wie es denn nun wirklich war.

Eins: Er hat zu tun. Er hat dir immer wieder gesagt, wieviel er zu tun hat. Er muß an Konferenzen teilnehmen, muß Termine einhalten. Er ist ein ehrgeiziger Sozialwissenschaftler, der wie verrückt lehrt und veröffentlicht. Du glaubst wohl, er ist ein freischaffender Autor wie du, der pro Semester nur einen

Kurs abhält und über seine Zeit verfügen kann. Er opfert viele Arbeitsstunden jede Woche, um dich zu sehen. Er kann nichts dafür, daß er so oft zu spät kommt.

Zwei: Er hat dir hundertmal erzählt, wie es ihn quälte, daß Susan immer unpünktlich war. Jetzt kommt er selbst oft zu spät, wenn er mit dir verabredet ist. Er kommt zu spät, weil es ihm egal ist, ob er pünktlich ist oder nicht, weil du ihm erlaubst, das Gefühl zu haben, daß du, was immer er tut, niemals wütend wirst. Und falls du doch wütend wirst, verläßt er dich jedesmal für eine weitere schmerzhafte kurze Trennung.

Eins: Er muß jede Minute kommen. Sei nicht so ungeduldig. Wenn du nicht immer so zeitig da wärst, käme dir das Warten nicht so lange vor.

Zwei: Scheiß auf ihn und seine Verabredungen. Zu Anfang, als er sich deiner noch nicht so sicher war, konnte er verdammt pünktlich sein.

Eins. Zwei. Eins. Zwei. Eins. Zwei.

Wenn der braune Chevrolet schließlich kam, an den Straßenrand fuhr, wenn sie einstieg – all die vertrauten Bewegungen –, würde sich einer von ihnen zaghaft hinüberneigen, um sich einen Kuß geben zu lassen. Sie würden sich nicht leidenschaftlich in die Arme stürzen, jeder von ihnen fürchtete sich vor anderen Dingen. Er würde ihr vielleicht ein Kompliment zu einem dunkelrot und braun gemusterten Halstuch machen, das sie gelegentlich trug, oder zu einer Lieblingsbrosche aus bunt lasiertem Ton – es war ungewöhnlich für sie, daß sie sich auf solche Art schmückte. Und sie würde jedesmal die Länge seines braunen lockigen Haars bemerken – sie mochte gern, wenn er es lang trug, und er drohte damit, daß er es abschneiden lassen werde. Dann würde sie die verschiedenen Puppen, Bälle und McDonald's-Papiere, die verstreut auf dem Rücksitz lagen, bemerken, besonders wenn es ein Montag war, gleich nach dem Wochenende. Wenn sie mit ihm zusammen war, kamen ihre eigenen Kinder ihr manchmal geradezu unwirklich vor. Wenn er über den Schmerz weinte, den er seinen Kindern bereiten würde, wenn er sich von Susan trennte, hatte sie manchmal das Gefühl, als ob er ganz vergessen hätte, daß sie auch Kinder hatte. Doch sie ging immer davon aus, daß die Kinder mit den Veränderungen schon fertig werden würden. Außerdem machte er sie für ihr übriges Leben blind. Vom allerersten Mal an hatte sie im Bett mit ihm nie Schuldgefühle gehabt – bis später, wenn sie wieder zu Hause war.

Aber sie wußte jetzt, daß sie wahrscheinlich nicht miteinander schlafen würden. Da sie sich auf diese Weise am nächsten waren, war es das, was sie vermieden. Sie würden in ein Restaurant gehen und etwas essen und vielleicht ein wenig Wein trinken, und in diesem Fall würden sie, wenn er gelöst war vom Alkohol, vielleicht später im Auto nach einander greifen und wünschen, daß sie irgendwo wären, wo sie nackt und frei sein könnten.

Nackt bis zur Taille, sieht sie ihm in die Augen. Er bleibt noch ein paar Minuten lang angezogen, hält sie, streichelt sanft ihre Brüste. Er blickt von ihren Brüsten auf, in ihre Augen, so tief, daß sie glaubt, er kann in sie hineinsehen, daß sie glaubt, er kann sie ganz und gar erkennen. Und während er ihre Brüste hält, schnell mit den Fingern über ihre Brustwarzen fährt, ihnen leicht weh tut, stöhnt er zu ihrer Lust. Er küßt sie sanft, beißt leicht ihre Lippen, bis sie ihr eigenes Stöhnen hört und fühlt, wie ihre Unterhose naß wird vor Verlangen. Dann öffnet sie den Reißverschluß seiner Hose, selber immer noch im Rock unter ihren nackten Brüsten, und ihr Haar beginnt sich zu lösen. Sie wartet, bis er sich seine Schuhe und Strümpfe ausgezogen hat, bis er seine Unterhose hinuntergestreift und sich wieder aufgerichtet hat, und dann nimmt sie ihn in den Mund. Sie hat noch nie einen Mann so gern in den Mund genommen wie ihn. Sie kniet vor ihm, hält ihn, bewegt ihre Finger rhythmisch an seinem Schwanz entlang, so wie er es mag, leckt ihn, saugt ganz fest, fährt mit der Zunge schnell rund um das Ende der Spitze und stößt sie dann sanft in die kleine Öffnung, saugt ihn dann wieder. Sie liebt seinen Geschmack, das Gefühl, wenn er in ihren Mund stößt, am meisten aber die Laute, die er von sich gibt, wenn sie seinen Schwanz leckt, Stöhnen und Worte der Lust: *Du leckst mich so gut, das fühlt sich so gut an, o leck, leck meinen Schwanz, mmmm, jetzt treibst du dein Spiel mit mir,* und er lacht, und dann, *ahhh,* wenn sie ihn wieder in die Tiefen ihrer Kehle hineinsaugt, während er hinuntergreift nach ihren Brüsten, fest ihre Brustwarzen hält, sie an seinen harten, klopfenden Schwanz drückt. Er zieht seine restlichen Kleider aus, während sie sich auf das Bett legt und ihm zusieht. Dann, während er sie ansieht, ihr die ganze Zeit in die Augen sieht, schiebt er ihren Rock bis zur Taille hoch. Langsam sieht er hinunter auf ihre Möse, die leicht bedeckt ist von der jetzt klatschnassen weißen Unterhose. Er bewegt sich langsam, hat sich jetzt ganz in der Hand und legt die eine Hand unter ihre Unterhose, zieht sie nicht aus, fährt nur mit der Hand darunter und reibt sie sanft, beobachtet ihre Augen, um zu sehen, ob sie es mag, genießt ihre völlige Hingabe, nachdem sie eben noch ihn ganz in der Hand hatte, reibt sie sanft, fährt mit dem Daumen sanft in ihre Vagina und findet ihre Klitoris, beobachtet ihre Augen, bewegt dann die Augen hinunter zu ihrer jetzt weit offenen Vagina. Mit der anderen Hand zieht er ihre Unterhose herunter, nicht ganz, nur bis zur Hälfte ihrer Schenkel, und streichelt ihre Klitoris, während er vor Lust an ihr laut stöhnt. Einmal hatte er ihren Saft von seinen Fingern abgeleckt und ihr dabei in die Augen gesehen. Manchmal, wenn er sehr frei ist, spricht er mit ihr und sie antwortet, Worte, die bewirken, daß sie kommt und dann gleich wieder geil wird. *Du magst das, nicht, wenn deine Möse gestreichelt wird?* Und sie: *Ja, o streichle meine Klitoris, so, faß mich an, mmmm, gut,* und er lächelt. Lächelt offen und unerwartet über ihre Lust. Und dann, bei jeder Bewegung die Augen fest auf sie gerichtet, schiebt er beide Hände unter ihre Beine und spreizt sie, während sie ihn anfleht: *Leck mich*, und dann leckt er sie in eine lange, atemlose und wortlose Ekstase. Er schiebt sich hinauf zu ihrem Gesicht, hält einen Moment inne, sieht sie an, lächelt, lacht sogar, und sie lacht zurück und sagt: *Fick mich, fick mich jetzt*. Und dann fickt er sie, fickt sie härter, als sie es je erlebt hat, und sie stöhnt: *Fick mich*, und er: *Ich liebe es, dich zu ficken*, und beide sind jetzt wild und graben sich gegenseitig die Fingernägel in den Rükken, fester, immer fester, bis sie beide anfangen zu kommen, und seine Schreie werden jetzt zu einer hohen Melodie anhaltender, unvergleichlicher Hingabe, während ihre Laute langsam immer tiefer klingen, dunkle Akkorde unermeßlicher Befriedigung.

Das war die Lust, der er immer auszuweichen versuchte. Im Auto, sobald sie neben ihm saß, fragte er jedesmal gleich: «Wohin möchtest du?» – aber in einem Ton unverkennbarer Kälte, die er selber als Angst ausgelegt hätte.

Und sie sagte (während sie die Sicherheit seiner Hände auf dem Steuer wahrnahm und die hellen Härchen an seinen Unterarmen, die immer zu sehen waren, weil er im Auto nie eine Jacke trug und immer die Ärmel an den Handgelenken etwas hochgeschlagen hatte, und während sie sich, wenn er sie jetzt ansah, seine Augen vorstellte, wie sie beim Lieben auf sie gerichtet waren, und wie sie dann immer das Gefühl hatte, daß sie ihn ganz besaß) – sie sagte viele Wochen hindurch jedesmal: «Mit dir ins Bett.»

Und er sagte nein. Er könne nicht. Er habe keine Zeit. Es gebe keinen geeigneten Ort. Er sei zu hungrig. In Wirklichkeit wollte er damit sagen, daß er die Lust nicht ertrug.

Sie erinnerte ihn daran, daß er Susan verlassen wollte. Sie erinnerte ihn daran, daß er zwei Mütter zu seiner Befriedigung brauchte. Und er sagte nein. Schließlich schwor sie sich, daß sie ihn nie wieder bitten würde.

Heute traf sie ihn nach einer zweiwöchigen Trennung. Jeden Morgen hatte sie sich gesagt: *Es ist aus. Ich will ihn nie wiedersehen. Der Schmerz, die unlösbaren Schwierigkeiten, die Heimlichkeit – all das ist zuviel. Ich bin erleichtert, daß es aus ist.* Sie weinte über den Verlust, erinnerte sich an das erste Mal, als er sie verlassen hatte – damals hatte sie zum erstenmal seit ihrer Jugend wieder zwanghaft an Selbstmord gedacht, war sich so hilflos und verlassen vorgekommen ohne ihn, daß sie hatte sterben wollen. Aber sie widerstand der anziehenden Versuchung, in Todesfantasien zu versinken, indem sie sich auf die Kinder konzentrierte, denn sie wußte, daß Kinder von Menschen, die Selbstmord begehen, oft dazu neigen, selber Selbstmord zu begehen. Nachdem er die ersten paar Male beschlossen hatte, daß sie sich trennen müßten – «eine Weile lang», wie er immer sagte –, hatte sie der selbstmörderischen Dramatisierung widerstanden und sich mit dem weniger gefährlichen Schmerz begnügt, auf ihrem Bett zu liegen und über den Verlust zu weinen. Dann geriet sie außer sich über seine Ohnmacht und sein ständiges Schwanken. Und schließlich spürte sie die Erleichterung, die es bedeutete, nicht jeden Tag durch eine weitere kleine Zurückweisung gekränkt zu werden. Und dann weinte sie wieder über den Verlust. Die Schwierigkeit bei dieser ganzen Liebesgeschichte bestand darin, daß sie letzten Endes nie wirklich durchschaute, was eigentlich geschah. Alles daran war wie das Warten an der Ekke, wenn er zu spät kam. Zuerst dachte sie, er könne nichts dafür, daß seine Ängste und seine Verpflichtungen ihn dazu brachten, sie zu verletzen. Dann meinte sie, daß er sie absichtlich verletzte. Sie ausnutzte. Sie benutzte. Doch während sie ihr Versprechen, ihn nicht wiederzusehen, nie halten konnte, brach sie nicht ein einziges Mal ihren Schwur, ihn nie wieder zu bitten, wie dringend sie auch das Bedürfnis hatte, mit ihm zu schlafen, wie sicher sie auch wußte, daß das gemeinsame Gespräch, das sie beide liebten, nach der Liebe noch ergiebiger und wahrer sein konnte, wie oft sie sich am Tage auch hinlegte, um zu masturbieren, und sich vorstellte, wie er sie leckte, sie auszog, wie sie ihn leckte.

«Wohin möchtest du?» fragte er. Als sie neben ihm Platz genommen hatte im Auto, küßte er sie nicht, beugte sich nicht einmal zu ihr hinüber.

«Essen gehen, glaube ich», antwortete sie. «Hast du keinen Hunger?»

«Doch», sagte er, mit einem Zögern, das sie nicht gleich beachtete, «aber wenn du lieber etwas anderes willst ...»

Sie schwieg. Lange genug, wie sie meinte, daß er seine Wünsche äußern konnte, wenn er wollte. Aber er sagte nichts. Also sagte sie: «Nein, essen wäre schon gut.»

Sie fuhren zu einem der vier Restaurants, in denen sie über ein Jahr lang zwei- oder dreimal in der Woche gegessen hatten. Die einzigen Orte, wo sie ruhig und friedlich zusammen sein konnten, außer im Auto. Restaurants, die weit draußen, hinter dem Flughafen lagen, weit weg von den gemeinsamen Freunden, von denen einige, vielleicht die Hälfte, etwas von ihrer Affäre ahnten oder wußten, weit weg von Ehegatten, die anscheinend beide weder etwas ahnten noch etwas wußten.

Sie hatte gerade für dieses Restaurant eine seltsame Vorliebe. Es war ihrem Geschmack absolut fremd. Es war eines von den Lokalen, die glitzernd eine falsche, grelle Eleganz verheißen – wie du sie in Queens findest oder weiter oben in der Bronx, dekoriert mit Messingkronleuchtern, roten Dacron-Teppichen, Plastiktischen, die nach echtem Holz aussehen sollten. Die Kellnerinnen, metallic blond oder rothaarig, trugen ihr Haar zu Türmen oder Bienenkörben toupiert, die ihre dick angemalten Gesichter rahmten. Sie waren freundlich, diese Frauen, ja sogar herzlich. Sie warteten geduldig, ohne Hast, empfingen Michael und Diana – die sie inzwischen wiedererkannten, die sie vielleicht dabei beobachtet hatten, wie sie sich stritten, weinten, einander leidenschaftlich in die Augen blickten – mit wissenden Gesten und geleiteten sie zu einem der hinteren Tische, eher mit freundlicher Zustimmung als neidisch auf eine heimliche Liebesaffäre, und Diana meinte in ihren toleranten Blicken ein verständnisvolles Lächeln wahrzunehmen. Sie fühlte sich hier willkommen und in eine Unbekannte verwandelt durch den grellroten Teppich; sie fühlte sich seltsam getröstet durch den schon etwas welken Kopfsalat, der die Salatbar zierte.

Als sie saßen, bestellte sie sich ein Thunfischsandwich. Michael bestellte einen Hamburger. Das übliche. Sie bestellte Wein. Er bestellte Kaffee – was bedeutete, daß er nicht die Absicht hatte, gelöst zu werden, sich seiner angeblich tiefen Liebe zu ihr zu überlassen und sie zum Ausdruck zu bringen.

Sie brachten, wie so oft, trotz allem ein gutes Gespräch zustande. Ein Gespräch, in dem alles auf der Welt plötzlich integriert schien. Vielleicht sprachen sie darüber, wie überall um sie herum die Ehen auseinandergingen, oder über die erzieherischen und politischen Probleme an den Schulen, die ihre Kinder besuchten, über ihr unbefriedigendes Sexualleben in ihren Ehen, über seinen kürzlich angenommenen Artikel, über ihre Schwierigkeiten mit ihrem Buch. Im Grunde war es einerlei, womit sie anfingen oder wie sie aufhörten. Die Welt schien verständlich in der halben Stunde, die sie miteinander redeten und ihre Wahrnehmungen der Realität teilten – Wahrnehmungen, die einander verblüffend ähnlich waren. Sie lachten meistens viel, wie schmerzlich auch das Thema war. Er brachte sie mühelos zum Lachen, so mühelos, wie er sie dazu brachte zu kommen. Und sie erregte ihn mühelos mit ihrer Art, Dinge zu beschreiben, so wie sie seinen Schwanz zu hartem, pochendem Begehren erregte. Ohne daß sie es darauf anlegten, schienen sie einer des andern Gedanken zu kennen, und je mehr er verstand, um so mehr wollte sie, daß er sie kannte. Einmal, in einer Bar, war er zur Musikbox gegangen und hatte «Me and Bobby McGee» gewählt, eines ihrer Lieblingslieder. Aber sie war sich ganz sicher, daß sie ihm das nie gesagt hatte. Das ist eines meiner Lieblingslieder, hatte sie gesagt, als er an den Tisch zurückkam. Ich weiß, hatte er lächelnd geantwortet. Ich kenne alle deine Lieblingslieder. Und das war nicht etwa reine Überheblichkeit. Es war etwas Wahres an dem, was er sagte. Wie bei vielen Frauen verlieh eine gewisse Passivität ihm ein außergewöhnliches Wahrnehmungsvermögen – er beobachtete immer –, und so wußte er vieles, ohne daß es ihm gesagt worden wäre. Ihr Gespräch heute mußte natürlich mit einer Bekräftigung ihrer Trennung enden. Denn diesmal waren sie zu weit gegangen, zu weit in ihrem Verstehen der Realität ihres Miteinanderlebens.

Es gab nur zwei Wege, wieder zusammenzukommen, und sie beide wußten es. Sie mußten aus ihren Ehen ausbrechen. Oder es mußte ihm gelingen, die heimliche Liebesgeschichte mit ihr fortzusetzen – ohne die lähmenden Schuldgefühle.

Die Schuldgefühle lähmten ihn nicht nur, sie machten ihn auch gemein. Besonders ihr gegenüber. Er konnte an der Straße an ihr vorbeigehen und geradewegs durch sie hindurchsehen, sie grüßen, als ob sie eine flüchtige Bekanntschaft wäre. Er war ständig zu sehr beschäftigt, um sich mit ihr zu treffen oder um auch nur mit ihr zu telefonieren. Er konnte ihr von kleinen Aufmerksamkeiten erzählen, die er anderen Frauen, mit denen er befreundet war, erwies, von kleinen Geschenken oder Telefonanrufen, Mut machenden Gesprächen – und es wurde schmerzlich deutlich, daß er ihr dergleichen nicht gewährte.

Weil er sie zu sehr liebte, sagte er.

Sie wollte glauben, daß es so war.

Sie glaubte es immer weniger.

Sie hatte den Verdacht, daß irgend etwas nicht stimmte, daß da irgendeine finstere Macht in ihrer Liebe freigesetzt worden war, die aus der Qual ihrer Liebe kam oder vielleicht sogar aus den Tiefen der Leidenschaft, aus der Art, wie seine Zurückhaltung das Band zu ihm eher verstärkte als lockerte, mit Sicherheit aus ihren unterschiedlichen, aufeinanderprallenden Bedürfnissen. Er mußte sein Verlangen verleugnen, um sich wohl zu fühlen. Sie mußte ihr Verlangen bekräftigen, um sich als ganzer Mensch zu fühlen. Er war oft gemein. Sie war oft verletzt. Oberflächlich betrachtet mußte die ganze Geschichte schrecklich banal erscheinen. Sie redete sich ein, daß es nicht so war, indem sie daran dachte, wie es war, wenn sie miteinander schliefen und miteinander redeten.

Und sie dachte an die Zeit, zu Anfang, als sie zusammen am Strand spazieren gegangen waren und über ihrer beider Gefühl, in ihren Ehen zurückgewiesen zu werden, sprachen und wie sie ihm ein für ihn geschriebenes Gedicht vorgelesen hatte. Danach hatte er sie mit unendlicher Sanftheit und Zärtlichkeit umarmt, ihr mit seinem Körper erzählt, was er ihr viele Male mit Worten gesagt hatte – daß sie seine Schwester sei, seine Liebe, sein Ich.

Und an die Zeit, als sie auf eine für sie ganz uncharakteristische Art unvorsichtig bei ihm gewesen war, so wie bei ihrem Mann nie, und wie sie schwanger geworden war und, obwohl sie wußte, daß sie es töten mußte, drei Wochen lang über *sein* Leben in ihr frohlockte und ihm einen Briefumschlag voller üppiger rosa Blüten schickte, die sie im staubigen Park gestohlen hatte, im Frühlingsregen.

Aber diesmal war er zu weit gegangen. Einen Monat lang war er gemein gewesen. Er hatte nicht angerufen, er hatte durch sie hindurchgesehen. Diesmal waren sie zu weit gegangen, sie hatten erkannt, daß die Heimlichkeit ihre Gefühle füreinander verdunkelte, daß die Last des Doppellebens beide Leben vergiftete, die jeder von ihnen führte.

«Laß uns hier weggehen», sagte er, als die klare Wahrheit noch einmal bekräftigt worden war. Sie stand auf. Ihr blieb noch eine halbe Stunde, ehe sie nach Hause fahren und ihre Kinder abholen mußte. Sie konnte plötzlich an nichts anderes als an Sex denken.

Im Auto griff sie nach ihm, und er hielt sie und

küßte sie. Es gab nur einen kurzen Moment, in dem er sich leicht entzog, aber sie flehte ihn an, aufzuhören, flehte ihn an, sich von ihr anfassen zu lassen, und er gab ihr und sich selbst nach, als sie ihn durch seine Hose hindurch streichelte, und sie spürte ihn kaum, als schon die Andeutung seiner Steife sie zu wilder Leidenschaft erregte. Sie lehnte sich zurück, wollte sich wieder in den Griff bekommen, wollte nicht auf dem Parkplatz mit ihm schlafen.

«Dahinten ist ein Motel», sagte er atemlos. «Laß uns dahin fahren.»

«Wir haben keine Zeit», sagte sie, aber inzwischen wußte sie, daß er von Anfang an mit ihr hatte schlafen wollen und sich nicht getraut hatte, es zu sagen, daß er von Anfang an das Motel gesehen hatte. Sie legte seine Hand auf ihren Bauch. Er ließ sie dort. Langsam schob er sie hinunter zu ihrer Vagina, bewegte sie im Kreis, fühlte sie nur leicht durch ihre Cordjeans hindurch. Sie trank den Anblick seines Gesichts in sich hinein, den Anblick seiner Augen, die sie begehrten. Sie atmete seine Stimme ein, als er sagte: Ich liebe dich, Diana, ich liebe dich. Sie atmete tief, als ob sie seinen Blick und seine Worte festhalten könnte, damit sie in einer einsameren Stunde die Leere in ihr füllten.

Und dann kam ein anderes Auto mit einem Kind darin, und das Kind sah aus dem Fenster, sah zu ihnen herüber, starrte Diana an, und er fuhr mit einem heftigen Ruck aus der Parklücke heraus und dann in Richtung der nach Hause führenden Schnellstraße.

Der Tag war genauso gewesen wie alle ihre gemeinsamen Tage, Augenblicke unwiderstehlicher Begegnungen ihrer Körper und ihrer Gedanken, und dann das Losreißen. Sie fühlte sich innen ganz wund, als hätte er sie wütend zu lange gefickt. Sie haßte ihn für die Trennungen, dafür daß er nicht einmal fähig war, über ihr Zusammensein zu sprechen. Und er haßte sie wahrscheinlich dafür, daß sie ihn nicht in Ruhe ließ, daß sie nicht fähig war, sich ohne gemeine, häßliche widersprüchliche Gefühle von ihm zu trennen, sauber, so wie Susan sich ohne Zweifel von einem Liebhaber trennte. Er haßte sie wahrscheinlich dafür, daß sie ihm so ähnlich war, ihm, den er mit Sicherheit am allermeisten haßte.

Die Triborough Bridge erstreckte sich über einen dunkelnden blauen Fluß, und über dem silbrig schimmernden Band färbte sich der Himmel hinter den Mietshäusern von Harlem rosa und orangerot. Eine Reihe von Sternen zog sich über den Horizont. Sie atmeten beide im gleichen Rhythmus, beide gebannt von den Farben. Er suchte in seinen Hosentaschen nach Kleingeld für den Brückenzoll, und sie gab ihm welches aus ihrem Portemonnaie. Und dann kam im Radio «Bobby McGee». So unvermittelt, daß sie beide lachen mußten, und sie legte den Arm um ihn und drückte ihn fest an sich. So wäre es mit ihnen gewesen, wenn die Liebe auf ihre Weise hätte wachsen können, dachte sie. Musik kam plötzlich mitten während eines wunderbaren Sonnenuntergangs, und sie drückte ihn an sich, während er das Lied mitpfiff oder mitsummte.

Sie wagte nicht daran zu denken, was sie fühlte, wenn er ihr im Auto vorsang.

Sie wagte nicht daran zu denken, wie es war, wenn sie mit ihm vögelte und ihn leckte, und wie gern er sie ansah, wenn sie kam.

Sie wagte nicht, an den Tag in den Cloisters zu denken, als sie so unglücklich gewesen war und er gesagt hatte, daß die Einhorn-Tapisserien ihn dazu verleiteten, nach versteckten Ninas zu suchen wie in dem Cartoon vor der Theaterrubrik in der *Sunday Times*, und wie sie den ganzen Rückweg über gelacht hatte.

Sie wagte nicht, an *I'd give all my tomorrows for one single yesterday* zu denken.

Sie konnte nicht einmal daran denken, daß sie – schien er sich auch noch so sicher, daß er sich wieder von ihr trennen mußte – sich früher oder später immer wiedersehen würden, daß es unausgesprochene Gelöbnisse gab, und sie konnte sich nicht gestatten, diesen letzten Gedanken zu denken, da er sie verwirrte und ihren Entschluß verwässerte, und sie mehr als alles andere an ihn fesselte.

Sie kehrten in ihre getrennten Welten zurück, und sie würden versuchen, es dabei zu belassen. Diana versuchte daran zu denken, wie er sie auf der Straße ignorierte, daß er nicht da war, wenn sie ihn anrief, daß er nie mit ihr schlafen wollte. Sie versuchte daran zu denken, wie lange es her war, daß sie gut gearbeitet, alle Energien auf Worte konzentriert hatte, auf

Sätze, auf eine sich nach und nach enthüllende innere Wahrheit.

Als sie in die Gegend kamen, in der sie wohnten, stieg Diana aus dem Auto. Sie küßte ihn nicht zum Abschied. Es konnte sein, daß jemand es sah. Sie stieg einfach aus und machte sich auf den Weg zu dem Kindertagesheim ihres Sohnes. Sie beobachtete, wie er an ihr vorbeifuhr und an der Ecke parkte. Sie ging auf ihn zu, als er aus dem Auto stieg, und er sagte in seinem zurückhaltendsten Ton: «Na, wie geht's?» Es war dunkel. Weit und breit war kein Mensch, der es hätte hören können. Sie versuchte, irgend etwas Sanftes zu ihm zu sagen, es einfach nur sanft zu beenden, etwas Reales zu sagen. Sie war drauf und dran zu sagen, ich liebe dich, weil sie es ihm nicht im Auto gesagt hatte. Sie sagte: «Ich wünschte, wir fänden einen einfacheren Weg uns zu verabschieden; wir sollten uns vielleicht weiter zur Stadtmitte hin trennen, damit wir uns küssen könnten oder so.»

Aber er sah an ihr vorbei, als beobachtete er etwas am anderen Ende des Wohnblocks, und er sagte mechanisch: «Okay, bis bald mal.»

Eine Minute lang dachte sie: Wenn ich einen Revolver hätte oder, besser noch, ein Messer, ich könnte ihn umbringen, wirklich. Aber sie wiederholte nur seine Worte: «Okay, bis bald mal.» Und ging davon.

2

SUSAN

Ehe-Zeremonie

... daß das Fleisch Vermittler und Saboteur menschlicher Wünsche ist, daß unser ursprüngliches Interesse am Fleisch unterdrückt, aber unbezähmbar ist und in veränderter Gestalt wieder ins Bewußtsein tritt.

DOROTHY DINNERSTEIN,
«The Mermaid and the Minotaur»

Sie stand mitten im Wohnzimmer und starrte ihn an, unfähig zu sprechen. Jedesmal wenn sie versuchte, ihm ihre Wut und Erniedrigung ins Gesicht zu schreien, begann sie statt dessen zu würgen, so daß sie beide befürchteten, sie bekäme wieder einen ihrer Anfälle – eine dieser aus einem inneren Chaos hervorbrechenden Attacken, bei denen sie, eine normalerweise beherrschte Frau, nicht aufhören konnte zu schreien, mit den Fäusten auf den Boden zu schlagen, sich zu übergeben, sich zu entleeren – und nur wünschte, sie könnte sich gänzlich ausleeren. Ihre Hand hielt die Telefonrechnung des Sommers umklammert, mit all den Ferngesprächen überall ins ganze Land. Jede Stadt, die Diana mit ihrer Familie in den Ferien besucht hatte, war darauf vertreten. Die Telefonrechnung bestätigte, was Susan seit Monaten hätte wissen müssen, was sie auf eine bestimmte Weise wußte in jenem flüsternden Teil ihrer selbst, dem es so schwerfiel, klar und deutlich zu sprechen, sich in verständlichen Botschaften zu äußern. All die Einzelheiten, all die bohrende Angst, all die Alpträume, die hingewiesen hatten auf das, was ihr schlafendes Bewußtsein gewußt hatte, lange bevor ihr wacher Verstand es zu glauben vermochte, alles kam eindeutig und unmißverständlich auf der Telefonrechnung zusammen.

Michael, der mitten in ihren Familienferien unvermittelt abgereist war, der gesagt hatte, er müsse zurück an die Arbeit, der sie zurückgelassen hatte mit den Kindern, der ganzen verdammten Camping-Ausrüstung und den verblüfften und gekränkten Freunden ... All die Tage, die beide Familien gemeinsam auf dem Land verbracht hatten, die gemeinsamen Mahlzeiten in der Stadt, die Picknicks für die Kinder, die Feste nach Theaterbesuchen für die Erwachsenen – alles in ein erschreckendes Licht gerückt durch die plötzliche Klarheit, die Michael umgab, wenn er Diana anstarrte, Michael, der Diana buchstäblich umkreiste, Michael, der besessen war von Diana, wie er nur besessen sein konnte von Menschen und Ideen, die ihm das Gefühl gaben, stark zu sein, indem sie ihn in seinen geheimsten und längst begrabenen Hoffnungen bestärkten. Der fremde Ohrring, den sie unter dem Bett gefunden hatte. Die vielen, vielen Spaziergänge, die Michael und Diana zusammen gemacht hatten, allein, im Dunkeln, manchmal eine Stunde lang fortbleibend.

Der Tag, an dem Susan mit den Kindern vom See zurückgekommen war und zu Hause Diana vorgefunden hatte, die gerade dabei war, Kaffee zu kochen, während Michael oben schlief, wie sie sagte. Aber sie hatte gespürt, daß er gerade erst nach oben gegangen war und daß Diana den Geruch von Sex an sich hatte.

Sie wedelte mit der Telefonrechnung in Michaels Richtung. Mehrere Minuten lang konnte sie nicht sprechen, aber als sie sprach, kamen ihre Worte klar heraus, mit fester Stimme, ein Zeichen für sie, daß sie einen Seufzer der Erleichterung ausstoßen konnte, sie hatte sich fürs erste wieder in der Gewalt.

«Wie lange geht das schon?» fragte sie in gleichmütigem Ton.

«Drei Monate», antwortete er sanft. Er war erschrocken. Er hatte panische Angst. Nicht unbedingt vor Susan, nicht wegen ihrer Wut und bestimmt nicht davor, daß sie ihn verletzen würde. Vielleicht davor, daß sie ihn diesmal wirklich verließ. Es war wie der alte Schrecken, der ihn nur noch so selten überkam, seit er verheiratet war und Kinder hatte, aber an den er sich mit einem unverminderten Gefühl des Schmerzes aus seiner Kindheit und Jugend erinnerte: die Angst, ertappt zu werden, bloßgestellt zu werden, auch wenn er sich nie ganz sicher war, als was, aber eben ertappt zu werden als etwas, was er wirklich war, jedoch immer, wenn auch mit wenig Erfolg, verborgen hatte, als jemand, der böse, selbstsüchtig war: als jemand, der durch und durch schlecht war. Er saß sehr still da und starrte seine Frau an, die jetzt wußte, daß er seit Monaten mit einer ihrer engsten Freundinnen geschlafen hatte. Er sah das Gefühl, betrogen worden zu sein, in ihrem Gesicht, und er begriff bestimmte Dinge sofort. Ihm wurde sofort klar, daß all die moderne Toleranz, was außereheliche Sexualität betraf, daß all die Affären, die sie, wie er wußte, im

Laufe der Jahre gehabt hatte, daß all das jetzt nichts zählte. Sie war wütend, und wenn Susan wütend war, gab es absolut nichts Vergleichbares auf der Welt.

Bis zu diesem Augenblick hatte Susan gesagt, daß es ihr nicht das geringste ausmachte, wenn Michael Affären mit anderen Frauen hätte. Sie wollte es sogar gern. Wenn er mit anderen Frauen schlief, wagte sie sich vorzustellen, würde er sie in Ruhe lassen – auf die Art, wie sie von ihm in Ruhe gelassen werden wollte: hauptsächlich im Bett.

Mit anderen Männern in ihrem Leben hatte sie Spaß an Sex gehabt. Als ziemlich wilder Teenager hatte sie sogar den provokativen Ruf genossen, das Familienflittchen zu sein. Ein Ruf, der allerdings hauptsächlich daher rührte, daß sie es sich gestattete, mit völlig bekifften puertoricanischen Musikern zu schlafen. Aber sie hatte wirklich Spaß am Sex gehabt. Sie erinnerte sich, wie sie unbändig erregt gewesen war. Sie erinnerte sich, wie sie gekommen war.

Bei Michael kam sie nie. Sie schlief nicht gern mit Michael, um ganz offen zu sein, und sie war durchaus bereit, dies ihren Freundinnen gegenüber zuzugeben. Sie war überzeugt, daß der Grund dafür in seiner erdrückenden Ungeschicklichkeit lag, in seinem Hang, zu überwältigen, ob gesellschaftlich oder im Bett. «Er kommt direkt auf mir und atmet mir dabei ins Gesicht und stöhnt und macht alle möglichen Geräusche, so daß ich das Gefühl habe, ich kriege keine Luft zum Atmen.» Mit diesen Worten hatte sie es einmal ihrer Freundin Diana zu erklären versucht.

Sie meinte es wirklich, als sie sagte, daß es ihr nichts ausmachte, wenn er Affären hätte. Er war ihr Ehemann, das war das Entscheidende für sie. Er war ein wunderbarer Vater, bereit, sich verantwortlich mit um die Kinder zu kümmern, solange sie das Planen und das Einteilen der Arbeit besorgte. Sie konnte sagen: «Michael, geh mit Katie in den Park. Und in ungefähr zwei Stunden wird Jesse aufwachen, und dann kannst du ihn gegen vier abholen.» Und Michael sagte nur «In Ordnung» und machte es. Das Planen und Einteilen der Arbeit machte ihr im Gegensatz zu anderen Frauen nichts aus.

Michael war im übrigen ein sehr bekannter Anthropologe. Er war Professor an einer angesehenen Universität. Seine Aufsätze über die Anwendung anthropologischer Methoden zum Verständnis der amerikanischen Gesellschaft waren in mehrere Sprachen übersetzt worden. Er hielt oft Gastvorlesungen an ausländischen Universitäten. Er reiste ständig.

«Michael ist in Paris, er muß dort einen Vortrag halten», pflegte sie stolz zu Freunden und Verwandten zu sagen. Oder: «Michael ist noch nicht aus Frankfurt zurück.» Sie hatte eine Art, das in einem leicht untertreibenden Ton zu sagen, mit gerade dem ausreichenden Maß an vornehmer Zurückhaltung, daß ihre Zuhörer nicht auf die Idee kamen, sie versuchte Eindruck zu schinden. Aber ihre Zuhörer waren stets beeindruckt.

Susan war niemals plump. Sie war vornehm in fast allem, was sie tat. Sie trumpfte auf durch die Art und Weise, wie sie sich anzog: schön und einfallsreich.

Ein weites schwarzes Kleid mit zarter Spitze an Hals und Ärmeln, lange Silberohrringe, silberne Armreifen als Schmuck, schwarze Pumps mit hohen Absätzen, die sie bei jeder Einladung sofort abstreifte, so daß ihre nackten Füße, die kräftig und leicht schmutzig wirkten, unwiderstehlich mit der kühlen Eleganz ihrer Aufmachung kontrastierten.

Ein blaßgrüner Leinenanzug, in dem Ton sommerlicher Trauben, der die tiefen rötlichen Brauntöne ihres dichten Haars und das dunkle Blau ihrer Augen unterstrich und ihre olivfarbene Haut wie eine Spiegelung der Erde des Weinbergs erscheinen ließ, die sich mit üppigem Glanz von dem zart gefärbten Tuch abhob.

Susan war keine hübsche Frau. Sie war eine sorgfältig zurechtgemachte Schönheit. Sie nahm ihre äußere Erscheinung sehr ernst und widmete ihr die Aufmerksamkeit, die eine andere Frau vielleicht einem kleinen Kind schenkte. Morgens zog sie sich nicht einfach nur an, sondern schuf vielmehr ein ausgewogenes ästhetisches Bild. Sowohl Frauen als auch Männer fühlten sich sofort und oft unwiderstehlich zu ihr hingezogen.

Michael fühlte sich seit fünfzehn Jahren heftig und unwiderruflich zu ihr hingezogen, obwohl sie nie den Versuch gemacht hatte, ihr fehlendes Verlangen zu verbergen. Sie glaubte an strikte Ehrlichkeit, wie sie sich selbst einredete.

«Ich bin nicht so wild auf Sex», sagte sie. «Du erregst mich nicht. Wenn du einverstanden wärst und dir von mir sagen ließest, was ich mag, könnte vielleicht alles besser werden.»

«Okay. Sag es mir», sagte er, verzweifelt.

Und so willigte sie ein, mit ihm zu schlafen.

«Faß meine Klitoris an», sagte sie zu ihm. Und er tat es.

«Nicht so», wies sie ihn an, «schneller.»

Er machte es.

Manchmal fühlte er, daß er es genau richtig machte, und dann beobachtete er, wie sie immer erregter wurde, wie sie ihren Kopf zurück aufs Kissen warf, und ihr dunkles Haar, das auf das weiße Leinen fiel, erinnerte ihn an die dramatischen Kontraste auf alten Gemälden. Ihre leichte Kälte, die Unmöglichkeit, wirklich an sie heranzukommen, erregte ihn jahrelang. Er lernte, die Hoffnung aufzugeben, daß sie ihn lecken würde. Er schlug ihr nie wieder vor, sie von hinten zu nehmen. Er schlief nur mit ihr, wenn sie es wollte, und dann vögelte er sie mit festen Stößen und lange und betete, daß er kommen würde.

Aber sie empfand immer eine verzweifelte Ungeduld, wenn er so lange brauchte, bis er kam, ihre Erregung schwand, je mehr Zeit verging, bis sich schließlich sein Schwanz in ihr grob und zudringlich anfühlte und es so weh tat, daß sie sich fragte, ob sie es noch eine Minute länger aushalten könnte. Sie lag dann da, die Beine gespreizt, ihre angespannten Hüften fingen an, weh zu tun, und sie hoffte inständig, er würde endlich fertig werden, und schwor sich, nie wieder zuzulassen, daß er mit ihr schlief.

Sicher, manchmal war es besser. Vielleicht war sie einfach lockerer an dem Tag, besonders wenn er freundlich zu ihr gewesen war, wenn er ihr gegenüber oder auch nur im Haushalt aufmerksam gewesen war, wenn er nicht in einer seiner abscheulichen Depressionen gesteckt hatte, die ihn arrogant und gemein werden ließen, zu jedem, auch zu den Kindern. Wenn er kam, solange sie noch erregt war, dann konnte es sein, daß ihr alles der Mühe wert erschien. Er kam ihr dann sogar schön vor. Sie konnte seinen gut gebauten Körper streicheln, die muskulösen Arme, die unglaublich harten Hüften – all die Härte von seinem Gewichtheben, das sie so verachtete. Sie konnte Zuneigung empfinden für den Körper, der einen männlichen Geist einschloß, der so sanft war, so leidenschaftlich wie kein anderer, den sie je kennengelernt hatte.

Aber manchmal spürte sie auch, daß es eben diese Intensität in ihm war, was sie kalt bleiben ließ, weil der Ausdruck dieser Intensität so unvorhersagbar, so unbeständig war. Er konnte völlig im Einklang mit ihr und den Kindern sein und sie dann plötzlich dramatisch verlassen. Seine Launen kamen und gingen schnell, sein Bedürfnis nach einer bestimmten verantwortungslosen Einsamkeit war ebenso stark wie sein ihm stärker bewußtes Bedürfnis nach Verbundenheit, nach der Vertrautheit, die er so dringend brauchte, wie er immer wieder behauptete. Aber auch wenn er weniger launisch wäre, dachte sie, müßte ich ihm Widerstand leisten. Der Grund dafür war ihr nicht klar. Vielleicht war es seine Arbeit – sein fortgesetzter, sie verrückt machender, müheloser Erfolg. Oder seine emotionale Energie, so daß sie am Ende jeden Streit mit einem eindeutigen Rückzieher aufgab – wohl wissend, daß sie ihn niemals im offenen Kampf besiegen konnte. Und die Stärke seines Körpers – seine Kraft. Es gab nur eine einzige Möglichkeit, einer solchen überlegenen Stärke Widerstand zu leisten. Und die bestand darin, sich zurückzuziehen. Distanz zu wahren. Sie konnte ihn nicht wirklich ganz bis zu der Stelle in ihr vordringen lassen, die angefüllt war mit Angst vor dem Chaos und vor dem grenzenlosen Bedürfnis. Mit einem anderen Mann, vielleicht, einem zuverlässigeren, oder mit einer Frau.

Und doch, am Ende gefiel es ihr, daß Michael immer vor Intensität übersprudelte, daß er unberechenbar war wie nur irgend etwas, daß er sich innerlich nie leer fühlte, nie die gefährlichen Ränder riesiger Löcher beschritt. In den Augenblicken, in denen sie, einander in den vertrauten Armen liegend, einschliefen, kam es ihr so vor, als ob sie für ihr Leben die richtige Entscheidung getroffen hätte. Wenn Michael sie fragte, ob sie ihn liebte, antwortete sie vielleicht in etwas blasiertem Ton: «Oh, wer weiß schon, was Liebe ist, ich weiß es bestimmt nicht.» Und sie mochte sich konsequent weigern, den Ring zu tragen, den er ihr zur Hochzeit geschenkt hatte – aber immerhin war er ein erfolgreicher und treusorgender Mann.

Wenn sein Körper ihr auch auf anstößige Art begierig vorkommen konnte und sein Verhalten in der Menge ihr immer zu dominierend war, vermochte sie doch Befriedigung daraus zu ziehen, daß ihr Körper, ihre ganze physische Präsenz für ihn berauschend und begehrenswert blieb, daß die Andeutungen, daß sie mit anderen Männern schlief, ihn an sie banden, ihn in seinem Willen bestärkten, sich besser als die meisten anderen Männer um die Kinder zu kümmern, ihn weiterhin bestimmten, ihr zu gehören.

Sie war sich nie ganz sicher, ob es diese starke Zuneigung war oder das grausamere Bedürfnis, ihn zu verletzen, denn sie wußte, daß es ihn verletzte, was sie bewog, ihm wiederholt nahezulegen, eine Affäre zu haben. Einmal hatte sie ihre Cousine vorgeschlagen, die eine Lesbierin war, aber ein Baby haben wollte. Er hatte mit einem knappen Nein reagiert. Sie hatte eine Freundin von sich vorgeschlagen, von der sie wußte, daß sie sich sehr zu Michael hingezogen fühlte – eine Frau, die Michael, wie sie meinte, mögen würde, keine schöne Frau, aber sehr nett, nicht geistreich, aber ein extrem einfühlsamer Mensch.

«Warum versuchst du es nicht mit ihr?» hatte sie ihn eines Nachts, nach einem langen angespannten gemeinsamen Abend ehrlich gefragt, nachdem sie drei Stunden lang ferngesehen, eine Stunde lang gelesen und sich ständig bemüht hatte, seinen Blicken auszuweichen, um einer weiteren Diskussion über den Sex, den sie seit drei Wochen nicht mehr gehabt hatten, aus dem Weg zu gehen.

«Wir haben alle unsere eigenen Vorlieben», hatte sie ihm in vernünftigem Ton auseinandergesetzt. «Wenn ich mich nicht zu dir hingezogen fühle, heißt das nicht, daß es anderen ebenso geht. Ich ziehe schlanke Männer vor. Andere Frauen mögen vielleicht kräftige Muskeln.»

Wenn sie so redete, starrte Michael sie nur an, seine gekränkt blickenden Augen waren bis an den Rand mit Tränen des Zorns gefüllt, als wäre er ein Hund, dem sie auf die Schnauze geschlagen hatte. Sie empfand keine Zuneigung, wenn er sie so ansah. Wäre sie gefragt worden, hätte sie vielleicht sogar abgestritten, daß er wirklich verletzt war.

Sie war immer darauf gefaßt gewesen, daß Michael sie mit ihren ständigen Andeutungen beim Wort nahm. Sie hatte absolutes Vertrauen, was die Haltbarkeit ihrer Beziehung betraf. Großartig, wie sie gemeinsam die Kinder versorgten, das sagten alle. Sie kamen glänzend mit der Aufteilung der Hausarbeit zurecht. Susan war eine elegante und charmante Gastgeberin für seine vielen berühmten Freunde. Er hob ihr Ansehen bei ihrer eigenen, äußerst kritischen Familie.

«Aber ich habe nie gemeint, daß du eine Affäre mit Diana haben solltest, und das weißt du ganz genau!» schrie sie ihn jetzt an. «Ich bin nie auf die Idee gekommen, daß du dich zwischen mich und die einzige Frau, die ich in den letzten zehn Jahren wirklich leiden konnte, stellen würdest. Und ich kann nicht glauben, daß sie mir das antun konnte.» Sie ging im Zimmer auf und ab, fauchend in ihrer geradezu mörderischen Wut.

Diana besaß eine Verbindung von Intensität und Sinnlichkeit, von der Susan sich abgestoßen und zugleich angezogen fühlte, und sie war eine außergewöhnlich offene Frau, viel zu verletzlich, wie Susan oft gedacht hatte. Man hätte sie sogar als aufdringlich beschreiben können. Aber Susan war zu dem Schluß gekommen, daß Diana ihr viel geben konnte. Sie hatte etwas an sich, was bewirkte, daß Susan ihr vertraute. Susan sagte sich sogar, daß sie anfing, Diana zu lieben. Sie war bereit gewesen, Diana, ihren Ehemann Julien und die Kinder der beiden in den schützenden Kreis, den sie um ihre Familie zog, einzulassen, so wie sie seit vielen Jahren niemanden mehr an sich herangelassen hatte. Einmal an diesem Punkt angekommen, hatte Susan die Idee, obwohl sie so etwas nie laut ausgesprochen hätte, daß sie Diana vielleicht als Werkzeug benutzen konnte, das ihre inneren Türen zu öffnen imstande war.

«Wann hat das alles angefangen?!» schrie sie Michael an. Dann blieb sie plötzlich stehen und starrte ihn an. «Wann hat das alles angefangen! An dem Tag damals auf dem Land, als sie offensichtlich scharf war auf einen Mann, irgendeinen Mann? Hat sie dich geradeheraus gefragt, oder hat sie einfach angefangen, sich im Dunkeln an dir zu reiben?» Ihre Wut war jetzt von Tränen begleitet.

Das war das Stadium der Hysterie, das Michael bei ihr am allermeisten fürchtete. Er wußte nie, ob er sie in den Arm nehmen und mit der Hand über ihr Haar streichen sollte, als wäre sie sein abhängiges, schwaches Kind, oder ob er still dasitzen und ihre Schläge einstecken und ihren vollständigen Mangel an Vernunft verabscheuen sollte, während sie mit ihm wütete, bis er schließlich seinerseits anfing zu toben und ihr all die Verletzungen der letzten Jahre ins Gesicht schrie, mit härteren Worten und in einer rüderen Sprache, als er selber wollte, wobei er oft auch noch die Kinder aufweckte. Diesmal jedoch war sein Schuldgefühl stärker als alles andere. Er saß still da und sah sie schweigend an.

«Wann hat das alles angefangen?!» schrie sie wieder, ganz nahe an seinem Gesicht jetzt, und schlug mit der Faust auf ihn ein. «Wie hat sie es gemacht?»

Die Affäre war, plötzlich und unvorhersagbar, aus einem jener harmlosen, familiären Momente gegenseitiger Anziehung entstanden. Eines Abends, berauscht von Wein und Musik, bekifft und von Leuten umgeben, hatte er plötzlich ihr Gesicht berührt und sie sanft geküßt. So hatte es angefangen.

«Es war an dem Abend auf dem Land», sagte er, bemüht, daß seine Stimme ruhig klang, und ignorierte den Teil der Frage, der sich darauf bezog, daß Diana angefangen haben sollte. «Es fing an dem Abend an, eigentlich ganz plötzlich. Es war nichts Geplantes, Susan.»

Seine Frau starrte ihn mehrere Minuten lang an, aber sie sah ihn offensichtlich nicht wirklich an. Ihr Arm lag schlaff auf seiner Schulter. Sie starrte ins

Leere. Die Erkenntnisse kamen ihr jetzt schnell und erbitternd, alles paßte jetzt zusammen – der Spaziergang auf dem Land, die Telefonrechnung. Plötzlich erinnerte sie sich wieder an das erste Mal, als ihr der Verdacht kam, daß womöglich, absolut unglaublich, Diana mit Michael schlief.

Mehrere Wochen nach jenem ersten Abend verbrachten die beiden Familien wieder gemeinsam eine Woche auf dem Land. In dem alten verwinkelten Haus schliefen schon alle, bis auf Diana und Susan, die noch im Wohnzimmer geblieben waren. Diana schrieb in ihr dickes Tagebuch; Susan arbeitete an einer Stickerei, die sie am Nachmittag auf einem Flohmarkt in der Gegend gefunden hatte. Es war ungewöhnlich still, nur die Grillen schrien ihre erotischen Energien in die schwarze Nacht hinaus. Susan fühlte sich Diana nahe, obwohl Diana in der letzten Zeit eine für sie ganz uncharakteristische Distanz zu ihr geschaffen hatte, die Susan mehr beunruhigte als sie auszudrücken vermochte. Trotzdem erzählte sie Diana von ihren Träumen. «Ich habe jede Nacht schreckliche Alpträume», sagte sie, und sie sah Diana an, und ihre blauen Augen brannten sich in die Augen der Freundin, der dabei, wie sie merkte, sehr unbehaglich war. Sie hatte gespürt, daß Diana sich sehr zu ihr hingezogen fühlte und dann plötzlich anfing, sich zurückzuziehen. Aber es war seltsam, daß Diana die Vertrautheit mit jemandem, den sie gern mochte, vermied. Denn gerade wegen ihrer Fähigkeit zur Vertrautheit wirkte sie so lebendig, so anziehend auf Susan.

Susan hatte mit Diana über ihren sexuellen Widerwillen gegen Michael gesprochen, darüber, daß sie wünschte, er hätte Affären. Aber sie hatte es eher beiläufig gesagt, als sei sie nicht weiter beunruhigt über diese chronische Entfremdung in ihrem Eheleben, als hätte sie, inmitten aller zerstörerischen Widersprüche, die Dinge noch fest und sicher in der Hand. Sie hatte Diana sogar bewußt ein winziges bißchen in die Richtung, daß sie Michael lieben sollte, geschubst, indem sie ständig darauf beharrte, wie ähnlich sie einander seien, wieviel sie einander geben könnten, und war so weit gegangen, zu spötteln: «Außerdem, Diana, wenn du näher an ihn herankämst, würde er mich vielleicht etwas in Ruhe lassen.» Sie hatte lachend über Dianas offensichtliche Anziehungskraft auf ihn gesprochen, hatte diese Affinität gehätschelt und hochgekitzelt und damit gespielt, ohne auch nur einen Moment lang auf den Gedanken zu kommen, daß ihr selber je die Kontrolle entgleiten könnte.

Sich auf dem gelben Sofa in dem ländlichen Wohnzimmer zurücklehnend, schälte sich Diana ein langes Stück sonnenverbrannter Haut von ihrer gebräunten Hüfte und wich dem direkten Blick von Susans Augen aus. Als Susan von ihren Träumen sprach, wobei ihre Worte eine trügerische Intensität durch die Stille der ländlichen Nacht erhielten, blickte Diana nach unten und schien die Seiten ihres Tagebuches zu überfliegen.

«Ich habe immer diese Träume in der Nacht», sagte Susan langsam. «Sie machen mir Angst. Es ist, als wüßte ich, daß etwas Schreckliches passiert, aber ich kann nicht feststellen, wo. Ich glaube, daß meine schlechten Träume etwas mit Michael zu tun haben, der sich von mir zurückzieht», fuhr sie fort. «Er ist immer so ungewöhnlich weit weg, finde ich.» An diesem Abend war eine Stimme in ihr, die schrie, daß Michael sich so weit von ihr entfernt hatte, weil er leidenschaftlich in Diana verliebt war, weil er nichts sah außer ihrem Gesicht, nichts hörte in einem überfüllten Raum als nur ihre Stimme, all das. Und doch behielt sie einen zögernden Unterton in ihrer Stimme bei. Ein verzweifeltes, entschlossenes Zögern. «Ich weiß, ich habe selber immer gesagt, ich wünschte, daß er Abstand hält», fuhr sie fort. «Aber jetzt, wo er es tut, jetzt wo er mich mehr in Ruhe läßt, wünschte ich, daß er es nicht täte.» Sie beugte sich leicht vor zu Diana und faltete ganz ruhig, ganz still die Hände über ihrer Stickerei.

«Ich lasse Julien auch mehr allein», sagte Diana, mit Bedacht ihre Worte wählend. Sie kam Susan überlegter und rationaler als früher vor, sie setzte ihre Worte, als wären sie ihre eigene zarte Stickerei.

«Ich bin es leid, immer bei ihm anklopfen zu müssen. Zehn Jahre lang hat er gesagt, ich solle ihn mehr in Ruhe lassen, also lasse ich ihn in Ruhe.»

«Aber es ist traurig», stellte Susan in sachlichem Ton fest. «Er muß sich genauso einsam fühlen wie ich. Was soll ich machen?»

Diana sah plötzlich verzweifelt aus. Einen flüchtigen Moment lang dachte Susan, ihre Freundin sei drauf und dran, zu gestehen, daß dieser nicht auszudenkende Betrug die Wahrheit sei. Aber Diana war mit Sicherheit viel zu ungestüm – und auch zu kindisch –, um ein solches Geheimnis für sich zu behalten. Sie war nicht die Frau, die sich ständig unter Kontrolle hatte. Susan hatte manchmal den Eindruck, daß Diana in einem ihr gänzlich unbewußten Kreislauf gefangen war – sie stopfte wie besessen Leben in sich hinein, damit sie es in ihren Geschichten wieder ausspucken konnte. Diana war eine in den Künsten der Täuschung nicht sehr erfahrene Frau; wenn überhaupt, neigte sie eher zu übertriebener Offenheit.

«Ich weiß nicht, was ich machen soll», sagte Susan drängend, blickte zu Boden und suchte nach einem Vorteil.

Schließlich riet Diana ihr: «Sag es ihm. Sag ihm, wie dir zumute ist. Er möchte, daß du ihn auf diese Art brauchst.» Und sie schluckte heftig, ob aus echter Freundschaft oder aus Schuldgefühlen heraus, hätte Susan nicht sagen können. Dann gab es wieder eine Pause. Susan stickte ein paar weitere Stiche. Und meinte dann: «Ich bin mir nicht sicher, ob ich bereit bin, so weit zu gehen.» Sie sagte es mit einem leicht zynischen Lächeln, und ihre Stimme war plötzlich von Zuversicht erfüllt.

«Na ja, und genau das ist das Problem», sagte Diana, leicht verärgert, hatte sich aber gleich darauf wieder in der Gewalt. «Ich möchte nicht mein Leben lang herumgehen und an zugeschlagene Türen klopfen müssen, wenn der andere nicht einmal genau weiß, ob er mich drinnen haben möchte.» Und sie schnippte ein durchsichtiges Stückchen sonnenverbrannter Haut auf den Fußboden.

«Aber es kommt mir so traurig vor», beharrte Susan. «Wie ein Verlust von Unschuld.»

Das war der abschließende Satz, der dem letzten, ungelösten Schweigen zwischen den beiden Frauen vorausging. Diana sah nicht länger verzweifelt aus. Und Susan entschied sich einstweilen, dies als Zeichen der Unschuld zu interpretieren. Nein, wirklich, es war undenkbar, dachte sie, und während sie sich wieder auf ihre Stickerei konzentrierte, fühlte sie, daß Diana sie beobachtete, vielleicht freundlich, beobachtete, wie sie langsam, mit winzigen, genauen Stichen zarte Linien in wunderschönen Farben in den ungebleichten Musselin stickte.

Susan sitzt im frühen Licht des Sommermorgens auf der Steinstufe vor dem Haus, trinkt Kaffee und blickt in den etwas unordentlichen Garten, auf den unbeschnittenen Fliederbusch, das hohe und ungleichmäßige Gras; Diana sitzt neben ihr, sieht mit ihr zusammen in den Garten, trinkt mit ihr Kaffee, schweigt mit ihr.

Plötzlich fängt Susan an zu weinen. Ihr Schluchzen wird heftiger, bis sie es nicht mehr aufhalten kann. Sie hat den Kopf in den Armen vergraben und die Knie zur Brust hochgezogen. Sie ist nicht gefragt worden, aber sie sagt: «Es muß die Wildheit dieser Umgebung sein – die vollständige Abwesenheit von

Kontrolle überall hier, was mich so sehr bewegt.» Und dann umarmt Diana sie, drückt sie ganz dicht an sich, glättet ihr Haar, fährt sogar mit der Hand über Susans Wange, als ob sie ihr wirklich etwas bedeute, als ob sie wirklich glaube, was sie Susan mehrmals gesagt hat – daß sie nicht kalt, nicht gefühllos ist; daß unmittelbar unter der berstenden Oberfläche intensives, ja sogar ungezügeltes Fühlen ist und daß nur eine alte, nicht länger nötige Furcht vor Machtverlust es daran hindert, endlich und unwiderruflich zu erblühen. Mit welcher Inbrunst hatte Susan an diese Worte geglaubt. Und mehr noch: sie hatte geglaubt, daß Diana mit ihrem unverhüllten, ungeschützten Fühlen ihr helfen könnte zu erblühen. Sie selber, glaubt sie, würde nie, niemals, diese Verletzlichkeit bei ihrer Freundin mißbrauchen. Im Gegenteil, sie würde sie beschützen. Sie würde sie behüten wie einen kostbaren Schatz. Sie lehnt sich an Diana, deren Arme sie umfangen. So als ob sie ihr wirklich etwas bedeute.

Susan erinnerte sich an jeden Moment, den sie damals zusammen verbracht hatten. Sie war an dem Abend nach ihrem Gespräch nach oben gegangen und hatte sich mit einem starken Gefühl der Zuneigung für Diana schlafen gelegt und hatte das unbestimmte Gefühl vom frühen Abend, daß irgend etwas zwischen ihr und Michael im Gange war, verbannt. Sie hatte in jener Nacht mit einem Gefühl im Bett gelegen, als ob sie zwischen zwei Extremen balancierte, eine Balance, die ihre gesamte Energie in Anspruch nahm, zwischen ihrer wachsenden Gewißheit, daß irgend etwas im Gang war, und ihrer Zuneigung für Diana. Es kam häufig vor, daß sie gefährlich zwischen zwei Extremen wie diesen balancierte, auf der einen Seite ihre Wut, die sie immer überkam, wenn sie sich mit äußerster Abhängigkeit und Bedürftigkeit konfrontiert sah, auf der anderen ihr Verlangen, ihre Fähigkeit, alles um sich herum zu kontrollieren – das Haus, die Mahlzeiten, die sie zubereitete, ihre Klienten in dem Sozialamt, in dem sie gearbeitet hatte, besonders aber die Menschen, die sie zu lieben versuchte. Und zwischen den beiden Extremen das Erschrekkendste von allem. Das Loch drinnen in ihr. Ein Mangel an Überzeugung, wie sie manchmal dachte. Die Hohlheit.

Sie riß ihre Gedanken von dem Aufenthalt auf dem Land los und sah Michael ins Gesicht, der ihre Handgelenke fest von sich weghielt und sie ansah. Er hatte nicht die Absicht, jetzt zuzugeben, daß er selber den ersten Schritt getan hatte. Und ganz bestimmt würde er Susan nicht erzählen, wie sehr er Diana liebte – wie leidenschaftlich er sie sogar jetzt begehrte. Er wäre zu Tode erschrocken, hätte er ihr sagen müssen, daß er fast vergessen hatte, wie wunderbar Sexualität sein konnte, bevor er mit Diana geschlafen hatte. Susan schrie: «Ich gehe, Michael.» Und sein Herz stand fast still vor Angst.

«Wenn das nicht sofort aufhört», sagte sie noch einmal, «gehe ich.» Und dann wankte sie ziemlich unvermittelt, so als stolperte sie über ihre eigenen Füße, und sie fiel eher, als daß sie sich hinsetzte, auf den Boden neben seinem Stuhl.

Sie erinnerte sich, wie sie einst vor langer Zeit, einmal zu Diana gesagt hatte: «Michael gerät oft außer Rand und Band und stellt irgend etwas Dummes an. Aber dann brauche ich ihn nur ein oder zwei Tage zu verlassen, und schon fängt er sich wieder.»

Aber sie glaubte, diesmal meinte sie es wirklich ernst – es war keine leere Drohung. Er war zu weit gegangen. Er hatte sie gedemütigt. Diana war eine stärkere Frau, als Susan gedacht hatte. Geradezu grotesk stark. Sie gehörte zu den Menschen, für die im Leben immer alles aufging. In dieser Beziehung war sie wie Michael. Immer erfolgreich. Begabt. Hübsch. Und rücksichtslos. Sie war von Diana aufs tiefste gedemütigt worden. Und sie hätte nie geglaubt, daß Michael zu einem solchen Betrug fähig war. Sie war immer davon überzeugt gewesen, daß er nicht für sich selbst sorgen konnte, daß er einem Leben ohne sie nicht gewachsen war – daß er sie nicht belügen konnte. Sie war hin und her gerissen zwischen Verletztheit und Wut, und da sie beide Gefühle in sich barg, wie ein Prisma, das ständig die Farben dessen, was es einschließt, wechselt, war sie schuldlos: sie unterminierte das Staunen, jenes Erschrecken, das klar macht, wie furchtbar falsch, wie gefährlich falsch man etwas einschätzen kann; daß man tat säch-lich die Welt falsch interpretiert haben kann. Und was sie so falsch interpretiert hatte, daß es ihr den Boden unter den Füßen wegzuziehen drohte, war nicht die Tatsache, daß Michael mit einer anderen Frau Sex mehr genießen konnte als mit ihr. Ihr war immer klar gewesen, daß er das konnte. Und außerdem war Sex ihr nie als etwas sehr Zentrales vorgekommen, nicht als eine der Arenen, in denen das wirkliche Leben stattfand. Es war nicht der Sex. Es war der Verrat. Die Heimlichkeit. Daß sie es auf sich genommen hatten, ihr das anzutun. Wenn sie wenigstens offen gewesen wären mit ihren verdammten Wünschen – beide ein bißchen wie unbändige Kinder, einerlei –, wenn sie sie wenigstens gefragt hätten!

«Ich werde dich verlassen, Michael, wenn du dich nicht entscheidest», sagte sie wieder. Sie stand jetzt vor ihm und blickte zu ihm hinunter. «Und ich meine *jetzt.*»

Susan sah seinem Gesicht an, hörte seiner Stimme an, daß er nicht lange brauchen würde, um sich zu entscheiden. Sie war dankbar, daß wenigstens einige Dinge wahr blieben. Weil da etwas war, was ihr plötzlich bewußt wurde. Und das war, daß sie Michael haben wollte, ihn für sich haben wollte. Sie brauchte ihn, brauchte ihn verzweifelt. Wenn er Intimität brauchte – sie würde ihm Intimität geben. Wenn er Sex wollte – sie würde auch das versuchen. Und sie sah ein, daß sie ihm das jetzt zugestehen mußte, was nicht schwer sein würde, da sie drauf und dran war, die Fassung zu verlieren. Es war einer der Augenblikke, in denen ihr Bedürfnis nach ihm überwältigend war, in denen sie ganz sicher war, daß sie sterben würde, wenn er sie allein ließ, als ob sie sich ohne ihn tatsächlich in Luft auflösen würde. Als ihr diese Gedanken kamen, veränderte sich ihr Gesichtsausdruck sichtbar, und Michael bemerkte es sofort. Er stand auf und nahm sie in seine Arme. Er strich ihr das Haar glatt, genau so, wie sie es gern mochte. Und immer noch einander umarmend, setzten sie sich auf das Sofa. Er begrub das Bild, wie er Diana auf diesem Sofa geliebt hatte, wie er sie beobachtet hatte, als sie mit einer wilden Hingabe, die ihn rührte und zugleich heftig erregte, kam. Er umarmte seine Frau, als hielte er eines seiner Kinder, und sagte: «Ich liebe dich, Susan. Ich liebe dich, ich werde dich nie verlassen. Ich verspreche es.»

«Ich will versuchen, offener mit dir zu sein, Michael», sagte sie, schluchzend jetzt, und ihr Schluchzen, das für viele Dinge stand, verschleierte einen bestimmten, absichtsvollen Ton in ihrer Stimme.

«Ich möchte nicht, daß du mich verläßt, Michael, verlaß mich nicht.» Und sie hielt seine Schultern fest, während er ihren Rücken rieb. Auch Michael weinte, aber ob es Tränen der Reue waren oder Tränen des Verlustes, hätte er in diesem Moment nicht sagen können. Er wußte, daß die Vorstellung, Susan zu verlieren, ihn mit nacktem, namenlosem Schrecken erfüllte. Er meinte es ernst, als er ihr versprach, Diana nie wiederzusehen. Und als Susan sagte: «Streichle meinen Rücken, Michael, nicht so, fester, halt mich fest, sag mir, daß du mich nie verlassen wirst», gehorchte er sofort.

Susan hatte auch früher schon hysterische Anfälle gehabt, aber niemals neun Monate lang, Monate, in denen sie nicht mehr darauf achtete, was sie anzog, in denen die Bräunung ihrer Haut zu einem langweiligen Ocker verblaßte, in denen sie dauernd Sachen fallen ließ, sich ständig bei kleinen Unfällen verletzte. Monate – und das war das schlimmste –, in denen sie Michael nicht aus den Augen lassen konnte, ohne zu befürchten, daß er sich mit Diana treffen würde. Sie lebte in der Angst, ihn zu verlieren. Sie lebte in einem Gefängnis der Wut gegen diese verräterische Frau, die eindeutig von den unbewußten Kräften ihrer eigenen Bedürfnisse – nach was immer es war, was sie brauchte – so weit getrieben wurde, daß es ihr egal war, wen sie auf ihrem Weg zerstörte. Jedesmal, wenn die Wege der beiden Familien sich kreuzten, starrte Diana Michael ohne Scham an. Susan war entsetzt über Dianas Schamlosigkeit: Jeder bemerkte es.

Michael hatte sich, der Vernunft folgend, für seine Familie entschieden. Es war eine kurze, unbedeutende Affäre – das war alles. Dianas Hang, die Dinge zu dramatisieren, ihre ständige Verdrossenheit, ihre dauernd mit Tränen gefüllten Augen – all das ekelte Susan regelrecht an.

Und Susan war sich zunehmend sicherer, was sie wollte. Auch wenn sie oft weinte, auch wenn sie sich auf Michael stützen mußte, wie sie es nie zuvor getan hatte – indem sie Meinungen von ihm ernst nahm, über die sie sich sonst nur lustig gemacht hätte, und finanziell von ihm abhängig fühlte, da sie nicht in der Verfassung war und keine Zeit hatte, sich nach einem Job umzusehen –, ihre Lebensenergie konzentrierte sich auf die Aufgabe, ihre Familie zusammenzuhalten, was ihre Zeit ausfüllte. Auch wenn sie manchmal sogar einmal in der Woche einen ihrer Anfälle hatte, bei denen sie auf dem Fußboden lag, tobte, um sich trat, sich übergab, sich hin und her warf, schrie, Michaels Schultern und Arme boxte – auch wenn all das stimmte, spürte sie in einem kleinen und sogar bewußten Teil ihrer selbst, daß es ihr besser ging als vorher.

Sie merkte, daß sie schon eine Zeitlang Michael im Bett mehr begehrte. Sie betonte sogar, daß sie keine anderen Männer außer ihm begehrte. Sie ließ sich von ihm anfassen, wie er es wollte, ließ zu, daß er sie von hinten nahm. Sie fand heraus, daß es gut war, von hinten genommen zu werden, weil es die Klitoris dem Penis zugänglicher machte und so die Wahrscheinlichkeit zu kommen größer wurde. Wenn ihr Verlangen schwand, ließ sie es Michael nie spüren. Sie schlief regelmäßig mit ihm. Er brauchte es. Und sie wollte ihn. Sie ließ ihn wiederholt schwören, daß er Diana nie wiedersehen würde, und er schwor.

Eines Abends, Monate später, mitten in einem langsam kommenden Frühling, drehte sie sich im Bett zu Michael um. «Vielleicht», sagte sie unvermittelt, als hätte sie nicht ein Jahrzehnt lang das Gegenteil gesagt, als widerspräche sie damit nicht mindestens drei sich überschneidenden Prinzipien, die sie lange Zeit als unabdingbar vertreten hatte, «vielleicht...» sagte sie wieder, zögernd, die Geschichte neu schreibend, «würde es mir jetzt Spaß machen, meinen Ehering zu tragen. Ich habe ihn nie getragen – und es ist ein schöner Ring. Es würde die Stärke unseres Bandes symbolisieren, Michael.»

Michael sah gequält aus. Als würde er am liebsten weinen. Er drehte sich zu seiner Frau um und fuhr sanft mit seiner Hand ihre Wange hinunter; er glättete ihr dichtes Haar, spielte an dem mit Spitzen besetzten Träger ihres Nachthemds, und dann, bewegt von einer unwiderstehlichen, aber nicht näher zu definierenden Intensität, die über die Grenze zwischen Einsamkeit und sexuellem Verlangen flutete, zog er sanft den Träger von ihrer Schulter und bewegte seine Hand zu ihrer Brust. Er sagte nichts über den Ring, aber er begehrte sie jetzt heftig. Er sah von ihrer Brust auf in ihr Gesicht, aber ihr Ausdruck war hart geworden. Mit einem Ruck zog sie den Träger ihres Nachthemds wieder an seinen Platz und sagte, den Tränen nahe: «Ich wollte mit dir über unsere Ehe reden, Michael. Ich wollte mit dir über den Ring reden.»

3

JULIEN
Kritische Veränderungen

Liebe meines Lebens, ich habe dich niemals mehr begehrt als in dem Augenblick, da ich dich am meisten verletzte; denn es war der einzige Augenblick, da du das gefangene Wesen in dir toben ließest, der einzige Augenblick, da ich dich ganz als Menschen zu begreifen vermochte, der einzige Augenblick, da du nahe daran warst, mich umzubringen, der einzige Augenblick, da du wirklich zu mir gesprochen hast, der einzige Augenblick, da die Realität deiner Männlichkeit stärker war als der Schutz gewährende Fremde, der am anderen Ende des Erntedankfesttisches sitzt und über unsere Kinder, unsere Mütter, unser Hab und Gut, unsere Hunde, unsere Spinatrezepte spricht.

FRANCINE DU PLESSIX GRAY, «Lovers and Tyrants»

Jemand, der sich ihre Wohnung angesehen hätte, ohne zu wissen, wer dort lebte, hätte wahrscheinlich gesagt, daß sie Diana gehörte und nicht ihnen beiden. Überall waren die Zeichen ihres Lebens. Lauter kleine Fotografien bevölkerten ein ins Auge fallendes Regal, und obwohl sie sich Mühe gegeben hatte, Angehörige seiner Familie mit einzubeziehen, waren es fast ausschließlich Bilder von *ihren* Nichten und Neffen, *ihren* Freunden, *ihren* Eltern. Außerdem gab es mehrere Bilder von Julien – und keines von ihr selber –, was wiederum darauf hindeutete, daß die Wohnung ihr gehörte. Und die roten und orangeroten und pupurroten Farben gehörten ebenfalls zu ihr. Julien zog weiße oder auch graue Töne vor, eine gewisse Kargheit, die, wie er sagte, Raum andeutete. Aber das Zimmer war vollgestopft mit Papieren, Blumen, Bildern, Büchern, Fotografien – unordentlich, so wie Diana es liebte.

Er hatte auf dem braunen Cordsofa gelegen, als ihm in irgendeinem Winkel seines Gehirns diese Gedanken gekommen waren, nachdem er den ganzen Abend in einem weiten Bademantel müßig herumgelungert, ferngesehen, die Zeitung gelesen hatte, und als er gerade soweit war, es sich zum Einschlafen bequem zu machen, hatten er und Diana statt dessen einen offensichtlich eskalierenden Streit angefangen, von genau der Sorte, die er nicht ausstehen konnte, und aus ihrem wütenden Gesichtsausdruck, aus der Art, wie sie vorgebeugt in dem roten Samtsessel saß, wie sie ihre langen Haarsträhnen aus dem Gesicht strich und mit zwei Spangen am Hinterkopf feststeckte, ging eindeutig hervor, daß sie vorläufig nicht die Absicht hatte, mit dem Streit aufzuhören.

Seit zwölf Jahren kamen ihm ihre Auseinandersetzungen fruchtlos vor, eine enervierende Homage an Dianas Bedürfnis nach Intensität jeglicher Art, für ihn selbst jedoch sinnlos, um es milde zu sagen. Sogar jetzt, wo sie doch eigentlich den Versuch machen wollten, ihre Ehe neu aufzubauen, nach all den dramatischen Enthüllungen der letzten Monate und nachdem er schließlich, wenigstens bis zu einem gewissen Grad, eingesehen hatte, wie weit er selber für den gegenwärtigen Stand der Dinge verantwortlich war, sogar jetzt kam ihm die Art, wie sie kämpfte, lächerlich, wenn nicht gar kränkend vor.

«Warum kannst du nicht eine etwas aufmerksamere Haltung einnehmen, Julien», sagte sie jetzt zu ihm. «Allein die Art, wie du da liegst, zeigt deine tiefe Verachtung für das, worüber wir sprechen.»

Er seufzte. Er wußte nur, daß er auf dem Sofa lag und sich Mühe gab, überzeugend zu wirken, ihr bei jedem Wort, das sie zu sagen hatte – und es waren eine Menge Worte – zuhörte. Um zwölf Uhr nachts vermochte er wirklich nicht einzusehen, was falsch daran war, wenn er auf dem Sofa lag.

«Sieh mal», sagte er, haarscharf an ihr vorbeiblikkend, die Stimme durchtränkt von der eisigen Herablassung, die sie, wie er wußte, haßte und die er nicht kontrollieren konnte, «bis zu einem gewissen Grad versuchst du doch nur, den Ton anzugeben. Du möchtest gern alles in der Hand haben.» Aber er wußte, daß er selber zur Zeit derjenige war, der das Bedürfnis hatte, alles in der Hand zu haben. Er hatte das Gefühl, in der Defensive zu sein, als sei alle Macht, die er besaß, bedroht. Er wußte, daß sie sich an all die langen Auseinandersetzungen erinnerte, bei denen sie ihrem Herzen Luft gemacht hatte, manchmal schreiend, manchmal weinend, manchmal friedlich redend. Es war einerlei, wie sie redete – obwohl er einst fest davon überzeugt gewesen war, daß es etwas bedeutete. Aber am Ende hatte der Ton ihrer Stimme wirklich keinerlei Bedeutung. Er haßte einfach nur diese Diskussionen, diese Konflikte, bei denen sie sich solche Mühe gab, in seinen Kopf einzudringen. Sie vermittelte ihm das Gefühl, eingesperrt zu sein. Oft schlief er mitten während ihrer Reden ein.

Vielleicht erinnerte sie sich an ihren schlimmsten Streit, bei dem sie sich stundenlang gegenseitig angeschrien und angebrüllt hatten – beide konnten sich später nicht mehr erinnern, worum es eigentlich gegangen war. Und schließlich hatte sie versucht, eine andere Bahn einzuschlagen, wie sie sich ausdrückte. Sie senkte ihre Stimme, sagte, sie würde ihm jetzt einfach erzählen, was sie empfinde, falls er bereit sei, ihr zuzuhören, und vielleicht könnten sie so zu irgendeiner Lösung gelangen. Dann sah sie von ihm weg. Sie fing damit an, daß sie einige ihrer eigenen Ängste beschrieb, daß sie immer glaubte, kein Mensch könne sie länger ertragen, sie werde allen zuviel, besonders aber ihm. Er erinnerte sich, wie sie, den Tränen nahe, auf die Wand gestarrt hatte. Aber das war alles, woran er sich erinnerte, denn das nächste, was er wußte, war, daß sie ihn geweckt hatte.

«Du bist eingeschlafen», war alles, was sie sagte. Und dann hatte sie ihr Kissen genommen und war gegangen, um sich auf dem Sofa schlafen zu legen.

Sie mußte über irgend etwas nachdenken, dachte er. Sie sagte nichts.

Sie sah an der entschlossenen Linie seines Mundes, an seiner absoluten Regungslosigkeit, daß von ihm nichts kommen würde. Sie sah ihn lange an, fünfzehn Minuten vielleicht, und ließ die Stille zwischen ihnen wachsen. Es war eine neue Stille. Vor ein paar Jahren wäre eine solche Stille von ihren Schreien erfüllt gewesen, Verteidigungen ihres Verhaltens, Angriffen auf die scheinbare Unschuld, mit der er ihren Zorn erregte. Diese neuen Schweigepausen wurden zu einer Gewohnheit, bei der sie beide sich an das eine Mal oder an die zwei Male in ihrer Ehe erinnerten, als er verletzt gewesen war und nicht nur wütend, als sie von gleich zu gleich miteinander gesprochen hatten; sie erwog, ihn zu verlassen; er erwog, sie zu verlassen.

Und nach zwanzig Minuten, als klar war, daß, falls sie nicht sprach, keiner von beiden sprechen würde, stand sie auf und verkündete klipp und klar, daß sie nun zu Bett ginge. Er sagte nichts. Doch als sie das Zimmer verließ, ohne den Versuch zu machen, ihn zu überzeugen, ohne ihren Standpunkt durchzusetzen, was doch eine direkte Erleichterung für ihn hätte sein können, wußte er, daß dies ein Zeichen für eine Katastrophe war, eines der immer zahlreicheren Zeichen in diesen Tagen für ihre bevorstehende Trennung, eine Trennung, die ihm jetzt so unvermeidlich schien wie eh und je. Er hatte ihr das tausendmal gesagt in den zehn Jahren, in denen sie ihre häßlichen Kämpfe ausgetragen hatten. Und es war ihm aus tiefstem Herzen gekommen.

«Ich glaube nicht, daß wir noch viel machen können. Es wird einfach geschehen.»

Sie sprach immer wieder von seinen sich selbst erfüllenden Prophezeiungen, von dem, was sie als seinen Fatalismus bezeichnete. Damals hatte sie noch seine Aufmerksamkeit gebraucht. Er sei dauernd wütend auf sie, sagte sie zu ihm, schweigsam, herausfordernd, kritisch. Und sie behauptete, daß er dies ändern könne, wenn er nur wolle. Aber er hatte ihr damals nicht zugestimmt, und er stimmte ihr jetzt nicht zu. Sie wollte, daß er verletzlich sei, sie wollte, daß er mit ihr weinte, mit ihr verletzte. Aber er wollte nicht verletzen. Und als er heute abend sagte: «Bis zu einem gewissen Grad ist es das, was einfach geschehen wird, Diana», hatte sie nur gesagt: «Ich kann es nicht ausstehen, wenn du sagst, ‹bis zu einem gewissen Grad›.»

Inzwischen war eine halbe Stunde vergangen, und sie war noch immer nicht aus dem anderen Zimmer zurückgekommen, um einen weiteren Punkt klar zu machen, um das Psychodrama weiterzuspielen, das in ihrem niemals ruhenden Gehirn nach Artikulation verlangte.

Er mußte lächeln. Er dachte, daß seine Mutter und die anderen älteren Leute in seiner Heimatstadt vielleicht recht hatten, wenn sie vor den Gefahren zu vielen Denkens warnten. Er wußte, es war ein gefährliches Zeichen, daß seine Frau den Kampf aufgab. Dennoch lächelte er. Es bewies ihm, daß er recht hatte, was die Determination des Individuums betraf. Er legte seinen Unterarm über seine Augen, zog den abgewetzten blauen Frotteemantel, den ihr Vater ihr einst zu Weihnachten geschenkt hatte, enger um sich, da er zu müde war, um aufzustehen und sich eine Decke zu holen, und schlief schnell ein.

Julien hätte gesagt, und er sagte es oft, daß Diana ihm alles bedeutete – daß sie der einzige Mensch war, den er je richtig geliebt hatte, ausgenommen natürlich die Kinder, der einzige Mensch, dem er je vertraut hatte, seit er sich erinnern konnte. Jetzt, da sie dieses Vertrauen verraten hatte, zweifelte er, ob er je wieder fähig wäre, jemanden so sehr zu lieben.

Monatelang hatte er auf die wachsende Zahl ihrer Tagebücher gestarrt, die ganz oben auf dem weißen Bücherregal in ihrer beider Zimmer standen – das in zunehmendem Maß Dianas Zimmer war, überquellend von *ihren* Büchern, *ihren* Papieren, den zwei Schreibtischen, die *sie* für *ihre* Arbeit brauchte, der altmodischen Frisierkommode aus Ahorn mit dem dazugehörenden Spiegel, die ihren, wie sie sagte, angeschlagenen Sinn für Familiengeschichte wiederherstellte. Für ihn war es in Wirklichkeit nur ein Zimmer zum Schlafen. Er hatte monatelang auf die Tagebücher gestarrt und gewußt, daß er in ihnen die Widerlegung oder die Bestätigung seines Verdachts finden könnte, des Verdachts, daß sie mit ihrem gemeinsamen Freund Michael eine Affäre hatte. Daß das, was sie immer ihre «Freundschaft» genannt hatte, in Wirklichkeit weit mehr als eine Freundschaft war.

Julien verachtete die häufigen zwanglosen Plaudereien unter ihren gemeinsamen Freunden über außereheliche Sexualität. Jeder beanspruchte für sich so große Wünsche nach Abwechslung, ein solches Maß an Toleranz und unkonventionellem Denken. Einmal hatte er Michaels Frau Susan des langen und breiten über dieses Thema predigen hören. Na, ich wette, jetzt hat sie genug davon, dachte er zynisch. Er hielt es für den Inbegriff des Schwachsinns. Auch er hatte eine Menge Wünsche. Aber er war realistisch genug, um zu wissen, daß das Ausleben dieser Wünsche zu einer Katastrophe führen würde und daß ein gesunder Sinn für Vorsicht in diesen Dingen das war, was letzten Endes die Leute beieinander bleiben ließ. Intimität. Sie sprachen von Intimität. Um Intimität zu bewahren, bedurfte es des gegenseitigen Vertrauens, der Zuverlässigkeit, der völligen Offenheit. (Er wußte, daß Diana seine Gedanken zu simpel finden würde. Doch wie auch immer, er versuchte sich von Diana, bei der Vertrauen, wie er nun fürchtete, fehl am Platz gewesen war, zu trennen.) Es war ihre reichlich undisziplinierte Mittelklassenerziehung (ein Gedanke, den sie gehaßt hätte), die viele Zeit, alles und jedes endlos hin und her zu überlegen, was ihn verdroß. Wenn man arm war, wie er es gewesen war, gab es nicht so viele elegante Übersetzungen für fundamentale Gefühle wie Eifersucht, Wut, Sexualität, Einsamkeit. Dann gab es nicht so viele Möglichkeiten. Bei einem Mann wie ihm war es nie nötig gewesen, daß er ihr versprach, ihre Tagebücher nicht zu lesen. Er wäre nie auf die Idee gekommen. Sie hatte ein absolutes Recht auf diesen abgegrenzten Bereich, wo sie dem Bedürfnis, Klarheit über ihre Gefühle zu gewinnen und das Rohmaterial für ihre Arbeit festzuhalten, gerecht zu werden versuchte. Außerdem hatte er nie wirklich den Wunsch verspürt, sie zu lesen, bis zu dem Tag vor sechs Monaten, als er einfach auf dem Bett gesessen und die Bände angestarrt hatte und wußte, daß es nur noch eine Frage von Minuten war, bis er sie herunterholte.

Sein älterer Sohn war hinter dem Haus und spielte Ball. Der jüngere, erst fünf, spielte allein in seinem Zimmer. Er war das Kind, das mehr Julien ähnelte, vom Temperament her zurückhaltend, so daß er auch ohne menschliche Kontakte mehrere Stunden hintereinander durchaus glücklich sein konnte. Julien wußte, daß er mit keiner ernsteren Störung zu rechnen brauchte. Und Diana würde erst in ein paar Tagen von ihrer Reise zurückkommen.

Er saß auf der Bettkante, ließ seine langen schmalen Hände still auf seinen Oberschenkeln ruhen und starrte auf die Tagebücher, wissend, daß er drauf und dran war, etwas zu tun, was er zutiefst mißbilligte.

Seine dunklen Augen, die Diana immer geliebt hatte, die sie vor diesem langen Bruch zwischen ihnen immer so gerühmt hatte, starrten geradeaus. Er war sich ziemlich sicher, was er finden würde. Er hatte sich die Haare nicht gekämmt, da er wußte, daß er heute den ganzen Tag lang mit den Kindern zu Hause bleiben würde. Er mußte sich rasieren. Er griff in die Brusttasche seines Flanellhemds nach einem Kaugummi, und er dachte: Sie mag es, wenn ich so aussehe – ein bißchen ungekämmt, in Jeans, unrasiert. Er erinnerte sich daran, wie sie ihm früher ständig gesagt hatte, wie schön er sei, was im letzten Jahr nur sehr selten vorgekommen war; er erinnerte sich daran, wie sogar die Kinder fröhlich über ihre offene Bewunderung für seinen nackten Körper gelacht hatten, wenn er in ihrer kleinen Wohnung vom Bad zum Wohnzimmer ging, und wie sie immer gesagt hatte: Euer Vater hat den schönsten Arsch der Welt, und wie sie ihn auf den Hintern geküßt hatte – vor den Augen der Kinder.

Er hatte so etwas nie zu ihr gesagt. Nicht, daß er

dergleichen nicht gedacht hätte – zufällig liebte er ihren Arsch. Er bekam einen Steifen, wenn er ihre großen Brüste sah, nackt oder im BH. Er fand tatsächlich, daß sie eine der anziehendsten Frauen war, die er kannte. Aber er sagte ihr das fast nie, obwohl sie ihn wiederholt darum gebeten hatte. Solche Sachen fielen ihm einfach nicht ein.

«Findest du, daß ich schön bin?» fragte sie ihn zum Beispiel.

«Sehr», antwortete er.

«Siehst du mich nie am Morgen an und wünschtest, wir könnten miteinander schlafen?»

«Doch, das schon», sagte er und mußte lächeln, da er es wirklich tat und sogar sehr oft.

«Warum sagst du es nicht mal?» drängte sie dann, und ihre Augen taten ihm weh mit ihrer Ernsthaftigkeit. «Ich fühle mich nicht von dir begehrt, Julien. Es genügt nicht, wenn du gegen Mitternacht anfängst, mich anzufassen, wenn wir im Bett liegen, wenn wir schon ausgezogen sind, wenn ich gewöhnlich erschöpft bin. Warum können wir nicht um neun damit anfangen? Warum können wir uns nicht einmal schon am Abend lieben? Warum muß es immer zuerst die Zeitung sein? Dann das Fernsehen, bis zur obligatorischen dritten Ausgabe der Abendnachrichten. Dann Zähneputzen. Dann das Licht ausdrehen. Dann noch einmal nachsehen, ob die Tür auch abgeschlossen ist. Jesus. Bis du ins Bett kommst, schlafe ich halb. Und du willst wissen, warum ich nicht mit dir schlafen will.»

Im Prinzip, dachte er, hatte sie völlig recht. Er wollte sogar gern auf diese Art mit ihr schlafen. Er konnte gut verstehen, daß sie es früher wollte. Aber er war einfach nie auf die Idee gekommen. Jahrelang war er nicht auf die Idee gekommen. Und wenn sie als erste auf ihn zuging, war das, wie ihm schien, jedesmal nach einem besonders anstrengenden Tag, wenn ihm wirklich um des Ausspannens willen nach Zeitung und Fernsehen zumute war.

In dem Jahr, seit sie Michael und Susan kannten, hatten sie kaum noch miteinander geschlafen. Und wenn sie es taten, war es eher eine schnelle, unbefriedigende Angelegenheit gewesen. Sie schien nie mehr heftig erregt. Und sie kam mit Sicherheit nie. Aber das Schlimmste war, daß sie jedesmal zum Schluß noch lange weinte, untröstlich weinte, sie hielt ihn fest, schmiegte sich an seine breite glatte Brust und weinte wie ein verwaistes kleines Mädchen. Es war, dachte er, als ob sie es nur getan hätte, weil sie es ab und zu brauchte, einfach so zur Entspannung. Er kam sich benutzt vor. Er erinnerte sich daran, wie sie sich anfangs zu Michael hingezogen gefühlt hatte und daß sie damit sehr offen gewesen war. An einem Abend zu viert hatte Michael seine tiefe Traurigkeit darüber offenbart, daß er sich von Susan sehr zurückgewiesen fühlte. Er hatte geredet und geredet und seine Gefühle mit einer Leichtigkeit ausgebreitet, wie Julien es bis dahin nur bei Frauen erlebt hatte. Susan war eingeschlafen, während ihr Mann sprach. Julien selber hatte, unterstützt vom Wein, vor sich hingedöst. Aber Diana und Michael hatten stundenlang geredet. Als sie gegangen waren, hatte sie gesagt: «Ich könnte stundenlang mit ihm vögeln, wenn er so redet.» Julien hatte gelacht, er war überzeugt gewesen, daß sie es nur theoretisch meinte. Aber es war weiter, immer weiter gegangen; monatelang hatte er seine Augen davor verschlossen.

Julien stand auf, nahm die neuesten Bände von Dianas Tagebüchern herunter und fand das mit den Daten des letzten Jahres. Danach gab es noch vier weitere Bände. Sie mußte viel zu sagen gehabt haben. Er legt sie auf das Bett und ließ sie dort liegen. Er ging in das Zimmer der Kinder. Jake spielte mit seinen Plastikcowboys und hörte nicht einmal die Schritte seines Vaters. Dann ging Julien ins Wohnzimmer und sah nach draußen auf den Hof. Benjy war in ein Baseballspiel mit den anderen Kindern aus dem Haus verwickelt. Er konnte sogar das Gebrüll der Kinder hören. Er würde merken, wenn Benjy nach oben kam.

Wieder im Schlafzimmer, legte er sich aufs Bett, öffnete den ersten Band und begann zu lesen.

Natürlich hatte alles darin gestanden. So wie er es erwartet hatte. Er las stundenlang. Als es dunkel wurde am Nachmittag und Benjy vom Hof heraufkam, war Julien erst am Ende des dritten Bands angelangt. Er legte die Bücher weg, machte sorgfältig das Abendessen, badete die beiden Jungen nur ein klein wenig schweigsamer als üblich und sang ihnen schließlich ein Schlaflied. Aber als er Jake «Hush, Little Baby» vorsang und eine Pause machte, weil der Junge kritisierte, daß er den Text nicht richtig kannte, daß er «und Daddy kauft dir ein Ziegenböckchen» vergessen hatte, daß Mommy es viel besser machte, fing Julien plötzlich an zu weinen. Er konnte es nicht unterdrükken. Benjy kletterte aus dem Bett, kam zu ihm herüber, nahm ihn in die Arme und sagte: «Was ist los, Daddy, warum weinst du?»

Und dann sagte Jake: «Was ist los, Daddy, habe ich dir wehgetan?» Eine kleine Hand patschte auf Juliens breiten Rücken, während die andere seine dicken schwarzen Locken streichelte. Julien ging der Gedanke durch den Kopf, daß die Jungen ihr Mitgefühl genauso ausdrückten, wie ihre Mutter es tun würde, selbst ihre Bewegungen waren vertraut. Sie umarmten ihn fest, sagten ihm, daß sie ihn liebten, fragten ihn immer wieder, was denn los sei, genau wie Diana es bei ihnen immer machte. Julien dagegen neigte dazu, ihr Weinen weniger ernst zu nehmen.

«Nichts, Kinder», sagte er, immer noch schluchzend. «Es ist alles okay. Ich liebe euch, das ist alles.»

Er kam sich äußerst verlassen vor. Er spürte, daß er Diana verloren hatte. Sie hatte nicht ein paarmal mit Michael geschlafen. Sie hatte seit einem Jahr eine Affäre, die noch andauerte. Seit einem Jahr führte sie ein Doppelleben und hatte ihn praktisch täglich belogen. Sie hatte ihn belogen. Sie hatte sein Vertrauen verraten. Er hatte sie verloren. Sie war seine engste Freundin, seine einzige Freundin. Und er hatte sie verloren. Von seiner Familie, von seiner Mutter und seinen Schwestern her fühlte er nur Ablehnung. Er hatte vor langer Zeit aufgehört, sich mit ihnen zu beschäftigen. Sie hatten ihn immer nur kritisiert, sich über ihn lustig gemacht, ihn abgestempelt, ihn als hoffnungslos aufgegeben. Sie waren selbstsüchtig. Er hatte nie zu ihnen gepaßt. Aber Diana war alles gewesen. Wärme und Nähe und sogar jene Überdosis an Gefühl, über die er sich immer so beklagte. Und Leidenschaft. Und vor allem Verlangen. Verlangen nach ihm. Das Verlangen, daß er sie ohne Vorbehalt liebte, sie wie ein Kind hielt, ihren Rücken streichelte und ihre Hände und ihre Füße, die ihr immer weh taten, daß er sie mit Vertrauen und Geld in ihrer schriftstellerischen Arbeit unterstützte, daß er sie mehr liebte als alles andere auf der Welt. Sie war sogar auf ihre eigenen Kinder eifersüchtig gewesen. Sie sagte, sie brauche, daß er sie am meisten liebe, er sei der einzige, der sie je wirklich geliebt habe. Aber in diesem Jahr hatte sie ihn nicht gebraucht, so viel war sicher. Sie hatte ihn ein rundes Jahr lang belogen.

Zerrissen vom Schluchzen, bemerkte er dennoch, daß seine kleinen Jungen ganz verängstigte Gesichter machten.

Benjy versuchte stark zu sein und tätschelte wie verrückt seines Vaters Rücken.

«Weine nicht, Daddy, ich bin ganz traurig, wenn du weinst», sagte Jake, der jetzt selber weinte und seinen kleinen Arm um Juliens großen Kopf schlang und ihn drückte, bis Julien kaum noch Luft kriegte.

Da bekam er sich wieder in die Gewalt. Er sang Jake sogar noch ein anderes Lied vor und sang dann eines für Benjy, wobei er ihm den Rücken streichelte, wie es das Ritual verlangte.

Er ging zum Wohnzimmer zurück und setzte sich in den Schaukelstuhl, den sie kurz vor Jakes Geburt gekauft hatten.

«Diesmal muß ich einen Schaukelstuhl haben», hatte Diana zu ihm gesagt. «Oder das Baby wird sich daran gewöhnen, umhergetragen zu werden, so wie es bei Benjy war, und ich werde nie zur Ruhe kommen.»

Aber es war Julien gewesen, der Jake am meisten geschaukelt hatte. Anderthalb Jahre lang hatte er sich wie eine Mutter um dieses Baby gekümmert, weil Diana in einer schrecklichen Depression gesteckt hatte. Natürlich hatte sich Julien, sobald Diana nach ungefähr einem Jahr wieder kräftiger geworden war, auf eine etwas bequemere Distanz zurückgezogen, was sie ihm immer zum Vorwurf gemacht hatte. Auch Jake hatte ihm das zum Vorwurf gemacht; seither weigerte er sich, seinem Vater zu erlauben, daß er ihm ein Schlaflied sang. Wenn Diana sagte: «Heute singt Daddy dir dein Schlaflied», antwortete der kleine Junge mit fester Stimme: «Dann will ich überhaupt kein Lied», und legte sich schlafen.

Jetzt schaukelte Julien in dem Stuhl vor und zurück. Nur eine einzige Lampe brannte in dem rot und braun und orangerot gehaltenen Wohnzimmer, und die Teller vom Abendessen standen immer noch über den Tisch verstreut, so wie Diana es nicht ausstehen konnte, und er weinte wieder. Die beiden kleinen Jungen in dem anderen Zimmer waren wirklich die einzigen Wesen in der Welt, die ihn ganz und gar liebten, dachte er, wobei er sich zwang, Diana auszuklammern.

Er schaltete den Fernsehapparat ein und fand ein Basketball-Spiel. Während der Werbung las er ein paar Artikel in der *Times*. Er döste im Schaukelstuhl ein. Schließlich machte er überall die Lichter aus, vergewisserte sich, ob die Eingangstür zugeschlossen war, und ging zu Bett.

Am nächsten Morgen, nachdem die Jungen zur Schule abgeholt worden waren, meldete er sich telefonisch krank und beschäftigte sich mit den Bänden vier und fünf. Er las den ganzen Tag, bis er jede einzelne Zeile hinter sich gebracht hatte, ausgenommen den letzten Band, den Diana mitgenommen hatte.

Als Diana an diesem Abend anrief, hörte sie ihm sofort an, daß irgend etwas nicht stimmte. Sie fragte ihn mehrmals, warum seine Stimme so deprimiert klinge. Aber er sagte nur, daß er sie vermisse und sich Sorgen mache, weil sie sich so oft stritten. Sie fragte sogar Benjy, ob Daddy okay sei, und als der Junge antwortete: «Ja, aber er hat ganz viel geweint», drängte sie Julien: «Stimmt irgend etwas nicht? Geht es dir auch gut?» Doch Julien hatte das Gefühl, daß es nicht recht sei, es ihr zu sagen, wenn sie so weit weg war.

«Geht es dir auch wirklich gut, Julien?» fragte sie noch einmal.

«Ja», versicherte er ihr. «Ich bin okay.»

Der Flughafen war überfüllt gewesen, als sie ankam, aber sie hatte Julien sofort entdeckt, weil er so groß war und, wie sie immer noch dachte, so unglaublich gut aussah. Jake und Benjy hüllten sie so gründlich ein mit ihren Armen und Beinen und Küssen, daß sie sich kaum befreien konnte, um Julien zu küssen. Ihr Kuß war voller Besorgnis, ja voller Leidenschaft, und sie spürte, daß sie ihn wirklich vermißt hatte. Sie bemerkte kaum, daß er etwas zurückhaltender als gewöhnlich war. In Augenblicken der Begrüßung und des Abschieds war er immer so.

«Geht es dir gut?» fragte sie wieder. Aber ehe er antworten konnte, fing Jake an, ihr die Leidensgeschichte seiner Trennung von ihr zu erzählen, und sie beugte sich hinunter, um ihn auf ihre Arme zu nehmen.

«Oh, Mommy», sagte er, «heute morgen, als ich auf den Kalender gesehen habe, den du mir gemacht hast, als du weggefahren bist, habe ich den letzten Tag durchgestrichen und gedacht: Heute ist der Tag. Heute kommt meine Mommy zu mir zurück.»

Sie genoß Jakes lange Beschreibung seiner Leidenschaft und seines Schmerzes. Sie küßte ihn fest auf den Mund. Sie schlang den einen Arm um die Schultern ihres älteren Sohnes, bemerkte, daß er sogar in der einen kurzen Woche gewachsen war, zog ihn an sich, so daß er fast stolperte. Er lachte, freute sich. Und sagte: «Oh, Mommy.»

Wieder zu Hause, aßen sie eine Kleinigkeit, und dann gab sie allen ihre Geschenke. Julien war überrascht, daß sie auch für ihn eines hatte, eine schöne handgearbeitete Tonschale, Tribut an sein neues Interesse für Töpferei. Doch als er verwundert fragte: «Du hast etwas für mich gekauft?» sagte sie nur: «Natürlich, dachtest du, ich würde dich vergessen?» – sie hatte die ungewöhnliche Intensität in seiner Stimme bemerkt. Schließlich sang sie jedem der Jungen vier Schlaflieder statt der üblichen zwei, küßte sie und kam dann ins Wohnzimmer, wo Julien ins Leere starrte, das Gesicht unverkennbar von Schmerz erfüllt.

«Was ist los mit dir?» sagte sie, mit fester Stimme jetzt; sie wußte, daß irgend etwas nicht stimmte.

«Es ist etwas sehr Ernstes», sagte er, «und es ist sehr schwer, es zu sagen.»

«Na, sag es schon», drängte sie und dachte, daß vielleicht irgend jemand ihm etwas von ihrer Affäre mit Michael erzählt hatte – es gab etliche Leute, die etwas vermuteten oder wußten, und sie begann schon zu überlegen, wie sie es abstreiten konnte, wie sie den Status quo wiederherstellen konnte. Denn sie wußte, daß sie es abstreiten mußte. Was sie am meisten ängstigte, war der Gedanke, Michael zu verlieren. Niemand wußte, wie «doppelt» ihr Leben wirklich gewesen war. Äußerlich hatte sie gewirkt wie immer, vielleicht ein klein wenig traurig. Sie hatte verantwortungsvoll ihre Arbeit getan, hatte regelmäßig ihre gesellschaftlichen Verpflichtungen erfüllt. Aber in ihrem Denken und Fühlen hatte sie sich immer mehr an Michael gebunden, so sehr, daß sie fast keinen eigenen Willen mehr besaß. Ein ganzes Jahr lang hatte sie im Bann dieser Leidenschaften gelebt, die das Ich zuerst vergrößern und dann zerstören. Sie lebte für die Begegnungen mit ihm. Lebte, um mit ihm zu schlafen. Und sie wußte, daß sie sich nur in aller Heimlichkeit weiterlieben konnten. Michael hatte ganz klar gemacht, daß er Susan nicht verlassen könne, seine größte Sorge sei, daß Susan seinen Betrug herausbekäme, aber wenn sie ihre Liebe geheimhalten könnten, wolle er sehr gern Diana auch weiterhin treffen. Sie überlegte sehr schnell, während Julien noch immer zögerte, und als er sagte: «Ich weiß von deiner Beziehung zu Michael», versuchte sie Zeit zu gewinnen, indem sie wissen wollte, wer etwas gesagt hätte. Sie dachte: Ich werde es also nicht ganz abstreiten. Aber ich werde das meiste abstreiten. Ich werde so tun, als ob es im letzten Herbst gewesen wäre.

Ihre große Leidenschaft für Michael hatte sie mehr geschwächt, als ihr Mann wissen konnte. Ihn konnte es nur verletzen, wenn er erführe, wie abhängig sie tatsächlich von dieser Liebe war. Sie hatte mit Sicherheit nie etwas Ähnliches für Julien empfunden, und sie wußte nie, ob ihre starken Gefühle Folge einer besonderen Verwandtschaft und sexuellen Verbindung zwischen ihr und Michael waren, oder ob sie damit zu tun hatten, daß Michael sie jedesmal verließ, wenn ihn die Furcht packte, seine Liebe zu ihr könnte die Bindung zu Susan gefährden. Tatsache war, daß Diana so schwach war, wie sie es immer gewesen war, außer als sie die Kinder bekommen hatte. Zusammengebrochen. Monate ohne ständige Arbeit. Stunden über

Stunden, in denen sie nicht aufhören konnte zu weinen. Gedanken an Selbstmord. Die furchtbare Angst überkam sie bei dem Gedanken, sie könnte Michael für immer verlieren. Was ihr manchmal half, nicht so verzweifelt zu sein, war die Gewißheit der Freundschaft Juliens. Jetzt versuchte sie vernünftig zu sein, sich daran zu erinnern, daß die Kluft zwischen ihr und Julien lange vor ihrer Affäre mit Michael entstanden war, daß die Intensität, mit der sie sich zu Michael hingezogen fühlte, zum Teil aus Juliens Kälte erwachsen war, aus seiner Weigerung, mit ihr zu reden, aus den Mauern, mit denen er sich umgab. Sie wollte nicht zulassen, daß die Schuldgefühle, die sie Julien gegenüber empfand, weil sie ihn verletzt hatte, ihren eigenen Schmerz auslöschten; sie wollte sich nicht wieder schlecht vorkommen angesichts Juliens ewiger, wahnsinnigmachender Güte.

«Was weißt du?» fragte sie vorsichtig.

Und er sagte langsam, mit einem auffälligen Mangel an Zorn in seiner Stimme: «Es gibt nichts, was du abstreiten könntest, Diana.» Es klang, als wollte er sie freundlich warnen. Als wollte er nicht, daß sie sich selbst erniedrigte, indem sie ihn belog.

«Niemand hat mir etwas gesagt. Ich habe deine Tagebücher gelesen.»

Jetzt legte sich die Stille um sie wie eine erstickende Maske, schnürte ihr die Kehle zu, und sie stürzte in sie hinein, die schreiende Stille von tausend unausgesprochenen Gedanken und Vorstellungen: Julien, wie er ihre Tagebücher las – Sex, bis ins Detail beschrieben, die vollständige Demütigung ihrer zunehmenden Besessenheit, als Michael sich immer weiter von ihr zurückzog, das schmähliche Leiden, die panische Angst, die pathetischen Schwüre, jetzt endgültig Schluß zu machen, um jedesmal, wenn er wieder anrief, sofort zu kapitulieren, wieder Sex, herrlich und hungrig und heilend, die Lust, ihn zu lecken, von ihm geliebt zu werden. Daß er der Vater jener vereinigten Zellen war, die nicht einmal das Stadium einer möglichen Abtreibung erreicht, sondern sich selbst, aus eigener Kraft, losgelöst hatten – wie auf Grund eines seltsamen geheimen Wissens, daß sie nicht leben konnten – und ihren Gebärmutterhals wund und blutig rissen, so daß sie dreißig Tage lang blutete. Ihr unkontrollierbares Verlangen nach Michael. All das beschrieben. Und die Lügen. Die Lügen.

«Du hast meine Tagebücher gelesen», wiederholte sie und griff sich an die Kehle. «Mein Gott, du hast meine Tagebücher gelesen.»

Und dann hielt Julien sie und küßte sie und sagte: «Es tut mir leid, Diana, es tut mir so leid. Ich hasse mich selbst dafür. Es tut mir so leid, Liebste, aber ich liebe dich. Ich will dich nicht verlieren.» Und er weinte, wie sie ihn nie zuvor hatte weinen hören.

Ihr war nie in den Sinn gekommen, daß Julien ihre Tagebücher lesen würde. Michael hatte einmal, als ihm klar wurde, daß sie das meiste, was sie erlebte, in diesen Notizbüchern festhielt, gefragt: «Wo bewahrst du sie auf?»

«Auf dem Regal», hatte sie arglos geantwortet.

«Und was ist, wenn Julien sie liest?» hatte Michael entsetzt gefragt.

«Oh, das würde er nie tun. Soviel ist sicher», hatte Diana geantwortet.

«Also, ich sage dir eines», hatte Michael erwidert. «Wenn ich mit dir zusammenleben würde und deine Tagebücher wären nicht fest verschlossen, würde ich sie bei der ersten Gelegenheit, die sich mir böte, lesen. Ich weiß, daß ich das tun würde. Ich könnte der Versuchung nicht widerstehen.»

Er hatte geglaubt, er hätte ihr klar gemacht, daß er sie zur Vorsicht ermahnte. Aber Diana dachte nur, wie verschieden die beiden Männer doch waren – der eine voller unbändiger Leidenschaft, die ebenso ekstatisch und intim wie grausam sein konnte; der andere voller vorsichtiger Distanz, die ebenso tödlich und abweisend wie freundlich sein konnte. Sie hatte die Tagebücher und die Vorstellung, daß Julien sie las, sofort aus ihren Gedanken verdrängt.

«Bist du sehr wütend auf mich?» fragte er sie jetzt, den Kopf in ihren Hals vergraben.

Und sie antwortete ehrlich: «Nein, ich bin überhaupt nicht wütend auf dich, Julien. Ich weiß, was Verzweiflung ist. Es tut mir so leid, daß ich dich so sehr verletzt habe. Es tut mir so leid. Ich komme mir so gedemütigt vor.»

«Aber gerade das solltest du nicht», sagte er, glättete ihr leicht ergrauendes Haar, wo es feucht in ihre Stirn hing, und nahm seinen Daumen zu Hilfe, um vorsichtig die Tränen aus den Augen seiner Frau zu wischen, unter denen, einerlei wieviel Schlaf sie bekam, immer Ringe waren.

«Mehr als alles andere war ich von der Würde deines Tagebuchs beeindruckt. Du hast wirklich mit allem, was du fühltest, gerungen. Ich habe nie wirklich begriffen, wie einsam ich dich machte, wie einsam ich war. Und außerdem solltest du dich bei mir niemals gedemütigt fühlen. Abgesehen von anderen Dingen sind wir doch die besten Freunde, stimmt's?»

Er weinte jetzt wieder, aber er redete weiter. «Ich habe dann einfach nur gedacht, daß du alles bist, was ich habe. Mir fiel niemand ein, den ich hätte anrufen können. Ich saß einfach da, jeden Abend, in dem Schaukelstuhl und weinte, und ich dachte: Die Jungen sind wirklich das einzige, was ich in der Welt habe. Ich möchte dich nicht verlieren, Diana. Ich empfinde Zorn und Bitterkeit. Auch Michaels wegen, weil er mein Freund war. Ich mochte ihn so gern, wie ich schon lange keinen anderen Mann mehr gemocht habe. Aber vor allem weiß ich einfach, daß ich dich liebe.»

Tränen und Schweiß lagen wie Tropfen eines klebrigen, durchsichtigen Leims zwischen ihrer und seiner Haut. Er strich ihr das Haar aus der Stirn, während sie ihm das Hemd auszog und seine Brust fühlte, glatt, fast unbehaart, und sie griff unter seine Arme, um die dicken schwarzen Haare, die dort wuchsen, zu fühlen. Er küßte ihren Mund, ihren Hals. Er zog ihr das Hemd aus. Sie setzte sich auf und zog sich aus, während er das gleiche tat. Sie kamen immer schon völlig nackend zusammen. Er lag halb über ihr und fuhr mit seinen großen Händen an ihren Hüften entlang, ihre Schenkel hinunter, über ihren Bauch. Er faßte zwischen ihre Schenkel und berührte sie, etwas zu grob, und sie zuckte zurück. Sie fühlte seine Schenkel, seinen Schwanz, der jetzt groß war, und sie beugte sich hinunter, um ihn zu lecken. Die Gedanken, die ihr immer kamen, wenn sie mit Julien schlief, kamen wieder – daß Michael kleiner war, daß er länger von ihr angefaßt werden mußte, um wirklich steif zu werden, aber daß er ohne Scham jeden Teil von ihr betrachtete, daß er ihr sagte, wie gern er sie anfaßte, während er sie anfaßte, daß er ihr tief in die Augen sah, wenn er mit ihr schlief, so daß sie das Gefühl hatte, er sei ganz und gar in ihr, daß er, während sie ihn leckte, diese wunderbaren Laute von sich gab, während Julien völlig schwieg, so daß sie manchmal, wenn sie mit dem Gesicht zwischen seinen Beinen lag, plötzlich den Drang hatte, den Kopf zu heben, um zu sehen, ob er auch nicht eingeschlafen war. Aber wenn sie mit Michael zusammen war, hatte sie nie an Julien gedacht. Nie. Vom ersten Mal an nicht. Jetzt leckte sie Julien, weil er sagte, daß er es gern mochte. Sie leckte ihn liebevoll, ohne Begeisterung, aber auch ohne Zorn. Und dann bewegte sie ihr Gesicht wieder hinauf zu seinem und legte sich auf den Rücken und bewegte sich auf eine Art, die ihn wissen ließ, daß sie jetzt von ihm genommen werden wollte. Er legte sich also auf sie, und diesen Teil liebte sie bei ihm, wenn er seinen harten Schwanz in sie hineinsteckte und sich zuerst sanft und dann härter stoßend tief in sie hineindrängte. Sie stöhnte dann und sagte ihm, wie gut es sei. An diesem Abend sagte sie immer wieder: Ich liebe dich, Julien, ich liebe dich. Und in dem langen, ruhigen Schweigen seines Kommens weinte sie so, wie sie seit über einem Jahr jedesmal bei ihm geweint hatte.

Sie lagen sich lange in den Armen in dieser Nacht, und Julien erzählte ihr flüsternd von seinem Wunsch, ihr all die Dinge zu erzählen, die zu erzählen er immer so schwer gefunden hatte, und Diana bekannte, wie es sie gequält hatte, ihn so lange zu belügen, und sie versprach, sie würde ihn nie wieder belügen, und entschuldigte sich immer wieder dafür, daß sie ihn verletzt hatte. Über manches lachten sie, ehe sie einschliefen. Diana kicherte, als sie ihm sagte, er sei ein unverbesserlicher Bösewicht, weil er ihre Tagebücher gelesen hatte, und sie gab ihm den Spitznamen Julien, der Ex-Heilige, mit dem sie ihn mehrere Wochen lang bei jeder sich bietenden Gelegenheit anredete. Als sie fröstelnd erwachten, war es drei Uhr morgens. Julien machte die Lichter aus und vergewisserte sich, ob die Wohnungstür abgeschlossen war. Als er ins Bett kam, blieb er nackt, weil sie auch nackt geblieben war und hielt sie ein paar Minuten lang eng an sich gedrückt, und beide wandten sich einander zu im Bett und küßten sich auf die Wangen und flüsterten *Liebes Herz* und *Ich liebe dich.* Bald drehte er sich auf den Bauch und sie legte sich an seine Schulter, den Arm auf seinem Rücken, sein Gesicht von ihr abgewandt, so wie sie seit zehn Jahren zusammen einschliefen.

Diana hatte ihm nicht geschworen, daß sie Michael nie wiedersehen würde, sondern nur, daß sie ihn eine Weile lang nicht sehen würde, und daß sie danach versuchen wollte, ihn nicht wiederzusehen. Eine Weile lang weinte Julien häufig. Seine Traurigkeit umhüllte ihn, war der sichtbarste Teil seines Daseins. Diana war entsetzt über seine Zerbrechlichkeit und über die Tiefe seines Schmerzes.

Ganz allmählich jedoch beruhigten sich die Dinge. Nach ein paar Monaten bekam Julien sich wieder in die Gewalt. Er fühlte sich stärker, ständig weniger verwundbar. Oft fühlte er sich sogar richtig wohl.

Diana merkte, wie er sich nach und nach wieder von ihr zurückzog, und sie ließ es schweigend geschehen, sowohl erschrocken, als auch erleichtert. Julien wußte, daß er zurückwich vor dem, was wahrscheinlich jeder als Scheideweg in seinem Leben angesehen hätte. Er machte kehrt und zog sich zurück, statt sich für einen klaren Weg zu entscheiden. Vielleicht würde er ein andermal, wenn er sich stärker fühlte, wieder den Weg zu der Kreuzung gehen. Aber Julien wußte dies nur indirekt, durch die Angst, die ihn jedesmal überkam, wenn er sich an das Gefühl, am Ende zu sein, erinnerte, an das Gefühl, nichts zu haben, woran er sich halten konnte. Er wußte es nicht in dem Sinne, daß er es hätte in Worte fassen können. Und dieses *Nicht-wirklich-Wissen* war es, was ihm am Ende erlaubte, in den alten Trott zurückzufallen, vor sich selbst zu leugnen – obwohl er ihn gesehen hatte –, daß es diesen Scheideweg überhaupt gab.

Schließlich hatten sie dann auch wieder ihre üblichen Auseinandersetzungen. So wie den Streit, den sie heute abend gehabt hatten. Es war ein so typischer Streit gewesen, dachte er. Er verstand nicht, warum sie ihn so wütend machte, ob es immer noch die Wut über die Monate war, die sie mit Michael verbracht hatte. Und vielleicht traf sie Michael ja noch, auch wenn er es nicht wußte – er würde bestimmt nicht so dumm sein, ihr je wieder zu vertrauen. Oder ob die Wut kompliziertere Ursachen hatte, nämlich daß Diana immer so redete, als wüßte sie die Antworten, daß sie seine Art zu leben offenbar nicht respektieren konnte.

Er hatte es satt, ständig aufgefordert zu werden, so zu sein, wie er nicht war, aufgefordert zu werden, sich zu ändern. Er war zu seiner ursprünglichen Überzeugung zurückgekehrt, daß es besser war, sich nur in Maßen mit anderen Menschen einzulassen, weil dann auch der Schmerz nur gemäßigt war. Er hatte kein Verlangen, Dianas endlose, verändernde Traurigkeit am eigenen Leib zu erfahren. Und er wollte keinen Freund. Er wollte eine Frau, die ihn leidenschaftlich begehrte. Er wollte eine konventionelle, monogame Ehe.

Er war wütend, wünschte, sie hätten ein breiteres Bett. Er war zutiefst verletzt gewesen, nachdem er die Tagebücher gelesen hatte, aber er war zurechtgekommen. Er kam jetzt zurecht. Und er würde auch zurechtkommen, wenn sie ihn verließ. Er würde traurig sein. Aber er würde leben.

Es würde einige Monate dauern, darüber hinwegzukommen, so wie es einige Monate gedauert hatte, über den Schmerz hinwegzukommen, nachdem er die Affäre aufgedeckt hatte. Es hatte einige Monate gedauert, zum Alltag zurückzukehren.

4

MICHAEL
Eine Art Unschuld

Ich strebte nach Tugend, aber ich konnte nicht die Stufen emporsteigen, die andere zu erklimmen schienen: meine Natur war nicht weit oder großherzig oder gefestigt genug, um mir das zu erlauben. Was konnte ich also anderes tun als diese flüchtige Eigenschaft im Verzicht, in der Verleugnung, in der Selbstaufgabe zu suchen? Das Büßerhemd, das Sackleinengewand. Ich meinte, wenn ich mich nur genügend selbst verleugnete, würde ich eine Art Unschuld erlangen – trotz der immer wiederkehrenden alptraumhaften Einflüsterungen meiner wahren Natur. Ich glaubte, ich könnte mich selbst verleugnen und mich völlig auslöschen … Ich hatte so lange im Zustand der Verleugnung gelebt, ich hatte in solchem Maße aus der Not eine Tugend gemacht, ich hatte eine so gewichtige Theorie für mein Verhalten konstruiert, daß ich es kaum ertragen konnte zu sehen, wie alles unter der Berührung seiner Hand zusammenbrach. Und doch wußte ich, daß ich ihm nicht widerstehen konnte: ich wußte, daß ich der Bestätigung nicht widerstehen konnte.

MARGARET DRABBLE, «The Waterfall»

Vielen Menschen würden auf Befragen sagen, daß sie zwei Ichs hätten – das eine verborgener als das andere, zarter und schwächer, als ob es verloren gehen könnte. Und doch ist es das Ich, das als das echtere empfunden wird. Über all den wichtigen Entscheidungen im Lauf eines Lebens ist es wiederholt begraben worden: bei der Wahl der Arbeit vielleicht, des Ehepartners, des persönlichen Stils. Und dann ist da das andere Ich, das, das Jahr um Jahr, ja Jahrzehnt um Jahrzehnt funktioniert, das Ich, in dessen Interesse Entscheidungen getroffen werden. Und trotzdem, auf Befragen wird der Mensch sagen: Ja, aber das ist nicht mein wirkliches Ich. Mein wirkliches Ich ist diese andere Person, die zum Vorschein kommt, wenn ich manchmal tanze, wenn ich beschwipst bin, wenn ich schrecklich traurig bin. Einige Male im Leben passiert es, daß die beiden Ichs gleichzeitig mit Macht ins Bewußtsein drängen, und es wird deutlich, daß eine Entscheidung getroffen werden muß – ein Scheideweg, wie manche sagen würden, wenn der als real empfundene Teil Anerkennung verlangt und eine Wiedererfindung oder Wiederentdeckung (es ist nie ganz klar, was) des Ichs verspricht. Und da wir Menschen und Gewohnheitstiere sind und uns bedroht fühlen und Angst haben, wird das Versprechen verraten, wird der Weg nicht beschritten. So wird wiederum Jahre lang die falsche Doppelidentität fortgesetzt, und das Erstaunlichste daran ist dies: selbst in ihren lichtesten, bewußtesten Momenten glauben die einzelnen in den Tagen ihres normalen, gewöhnlichen Lebens, daß sie damit durchkommen können, daß für diese vorsätzliche Schizophrenie, diese willentliche Passivität des Geistes, diesen unaufrichtigen und wiederholten Selbstmord kein Preis gefordert wird.

Michael hätte sich selbst als einen solchen Menschen beschrieben; seine einzige Entschuldigung, seine einzige Hoffnung lag darin, daß das Auftauchen des tieferen, echteren Ichs ein verhältnismäßig neues Ereignis war, das erst ungefähr ein Jahr zurücklag, und daß deshalb noch Zeit war.

Eines Abend, auf dem Weg zu einer Party, geht er eine Straße in der Bronx hinunter. Er ist sechzehn Jahre alt, und er ist in Erwartung einer besonderen Art von Musik, die er gern hört, nach der er gern tanzt, aber er tanzt nicht in der Öffentlichkeit. Seine Eltern hassen die Musik, die er liebt – sie sind ernsthafte Menschen, beherrschte Menschen, und ihnen ist nicht wohl bei dem ungestümen und fordernden Temperament ihres Sohnes. Seit seiner Kindheit haben sie ihm Unterricht in klassischer Musik erteilen lassen, und er hat darin brilliert, aber der laute und rhythmische Beat der Rock'n'Roll-Musik ist ihm nach wie vor lieber. Was mag nur in dem Jungen stekken, was zieht ihn zu diesen etwas zügellosen Rhythmen, diesem wilden Beat hin? Aber der Junge denkt an die Musik, die ihn anzieht, nur peripher, gleichsam nur am Rande seines Denkens. Er spürt die unbestimmte, sich stauende Angst, möglicherweise tanzen zu müssen, nur peripher. Im Mittelpunkt seines Bewußtseins betet er nur eines. Er würde eher *hofft* statt *beten* sagen, da er seit seinem zwölften Lebensjahr militanter Atheist ist. Dennoch, seine innere Haltung ist die eines Betenden, eines Menschen, der irgendeine Hilfe von oben herab erfleht. Es ist ein sonderbares Gebet für einen Jungen, der so hübsch, so beliebt, so intelligent ist wie er. Er betet, daß unter den Mädchen auf der Party keine ist, die ihm gut gefällt, die ihn stark anziehen könnte, die mit ihren Augen oder mit ihrer Art zu tanzen oder mit ihrem Geschlecht das tiefere Ich anzieht, das Ich, das zu beherrschen er bemüht ist, nicht im Sinn von disziplinieren, kanalisieren, sondern eher in der finsteren Bedeutung des Wortes: beherrschen, etwas verbergen, seinen Ausdruck leugnen. Er weiß nicht genau, was er verbergen muß. Seine Leidenschaft? Seine Wut? Ist beides ein und dasselbe? Und was würde geschehen, wenn beides befreit würde?

Michael erinnerte sich an diese lange vergangene Zeit, erinnerte sich mehr an das vertraute Gefühl der Angst als an die Party selbst, während er zu der

Endstation der U-Bahn-Linie fuhr, wo er sich wie gewöhnlich mit Diana traf. Er kann es nicht abwarten, sie zu sehen, denn erst in diesem Augenblick wird er die Angst, sie zu sehen, überwinden. So wie sie bei ihm die alte, gehortete Leidenschaft wiederbelebt, ruft sie auch die Angst wieder wach. Vor einem Jahr, als er sie einmal irgendwo absetzte, hatte er gesagt: «Was können wir uns zu erhalten hoffen in einer solchen Beziehung, Diana? Wenn wir uns so sehr lieben, aber nicht offen zusammen sein können, wenn wir nicht einmal mehr vorgeben können, Freunde zu sein, jetzt wo wir so indiskret gewesen sind und es meine Frau wissen ließen, wahrscheinlich auch deinen Mann. Jetzt, wo wir andere Leute so sehr verletzt haben?»

Er erinnerte sich, ihr das im Auto gesagt zu haben, während die Hochbahn über sie hinwegdonnerte, als der schreckliche Augenblick der unmittelbar bevorstehenden Trennung wieder auf ihnen lastete. Aber vielleicht hatte er es auch vor dem netten italienischen Restaurant gesagt, das sie nie wieder hatten finden können. Oder an dem Tag in den Cloisters. Er konnte all die verschiedenen Male nicht mehr auseinanderhalten. Er neigte dazu, ihre Treffen in Kategorien einzuteilen: überwältigende sexuelle Begegnungen, bei denen er vollständig die Beherrschung verloren und schluchzend dem Schmerz und der Freude, sie zu lieben, nachgegeben hatte – meistens in den Wohnungen von Freunden. Andere Arten sexueller Zusammenkünfte, bei denen der Sex gut gewesen war, aber die Atmosphäre ihn daran gehindert hatte, Gefühle auszuloten – in Motels. Ihre Treffen im Auto – Sex im Auto, vertraute Gespräche im Auto, Auseinandersetzungen im Auto. Das Beste waren die Gespräche am Wasser. Einmal war es ein Strand gewesen. Einmal ein Wasserfall. Einmal nur ein Bach. Aber immer, irgendwie, am Wasser, wenn sie über die besten Dinge sprachen, oder wenn sie beschlossen, sich zu trennen, was sie wiederholt beschlossen hatten. Und dann natürlich die Restaurants. Die unendlichen, endlosen Restaurants.

Er erinnerte sich an die vielen Tage und Abende, die die beiden Familien zusammen verbracht hatten, während seine und Dianas Anziehungskraft für einander von der gewöhnlichen, gebändigten und wohlerzogenen Art in etwas Gefährlicheres, Realeres überging, als sein tieferes verborgenes Ich, unbewacht, sinnlich und verletzlich, emporgekommen war. Und er war entsetzt gewesen, als er entdeckte, daß sie sich tatsächlich in ihn verliebt hatte. Einmal waren sie von einem Spaziergang im Regen in ein Haus voller Leute zurückgekommen. Sie hatten sich im Wald geliebt, hatten einander buchstäblich verzehrt in ihrer Leidenschaft. Sie kamen ins Wohnzimmer, wo alle anderen saßen, redeten, tranken, mit den Kindern spielten und aufsahen, als sie durchnäßt und errötend eintraten. Susans Augen verweilten einen Moment zu lange bei ihnen; Juliens Frage: Wo seid ihr gewesen? wurde ein wenig zu laut gestellt. Damals hätte ihm klar sein müssen, daß es nur eine Frage der Zeit war. Ihr Verhalten war unvorsichtig und unentschuldbar. Bald würde es jeder wissen.

Monate später, im Auto, hatte Diana, besorgt, daß Michaels Angst ihn bewegen würde, sie für immer zu verlassen, geantwortet: «Ich weiß nicht, was für eine Art Liebe wir haben können. Aber ich weiß, daß wir irgendeine Art Liebe brauchen, Michael. Nichts hat sich so drastisch verändert in unser beider Leben.»

Sie meinte damit, daß die Umstände, die sie beide zusammengeführt hatten, nach wie vor die gleichen waren: Zwei Ehen, in denen die Verbindungen verkümmert, wenn nicht ganz und gar ausgelöscht waren, in denen ein tiefes Gefühl der Leere verschleiert und verdeckt wurde durch die unerschütterlichen Sicherheiten der ewig fortgesetzten, funktionierenden Gewohnheit. Sie machten weiter, wie das bei lang etablierten Beziehungen so geht – nicht mehr aus irgendeinem benennbaren Grund, sondern weil annehmbare Arrangements für das tägliche Leben daraus geworden sind, die, nachdem sie schon so lange bestanden haben, auf eine vertraute Art und Weise immer schon bestanden zu haben scheinen. Und sie machen einfach weiter, damit man, wenn man von einem Buch oder vom Fernseher aufblickt oder nachts aus einem beängstigenden Traum aufschreckt, oder wenn man eines Tages einen verdächtigen Knoten in einer alternden Brust entdeckt oder eine Zeitlang seine sexuelle Potenz einbüßt, nicht ganz allein ist. Um diese hypnotischen Verbindungen über Jahrzehnte hin aufrechtzuerhalten, müssen natürlich kleine Kompromisse geschlossen werden. Der eine lernt, sein Temperament zuverlässiger zu zügeln. Die andere zwingt sich öfter mit ihrem Mann zu schlafen. Wieder ein anderer versucht, seine Zeitungslektüre abzukürzen und mehr Zeit mit den Kindern zu verbringen. Aber im Grunde bleibt das Fundament der Leere bestehen.

«Es wäre falsch, wenn wir einander jetzt verlören», sagte Diana, und die Gewißheit erfüllte ihre Stimme mit Leidenschaft. «Wir lieben einander, Michael, wir verstehen einander. Wir sprechen gern miteinander. Wir schlafen gern miteinander. Wir bedeuten für einander eine bestimmte Art von Wachstum. So einfach ist das.»

Er sah nur in ihr Gesicht, das von Traurigkeit gezeichnet und etwas bläßlich war, wie immer wenn sie sehr aufgeregt war; ihre olivenfarbene Haut färbte sich – eine fast unmittelbare Reaktion auf ihren Schmerz – gelblich. Er verstand nicht, wie sie ihre Augen vor seiner Wirklichkeit derart verschließen konnte, als ob ihre Wahrheit die einzig existierende wäre.

Und wenn sie das Gefühl hatte, daß etwas wahr sei – weil sie es so stark empfand –, schien sie diese Wahrheit anderen aufzwängen zu müssen. Und dieses (ihm gänzlich fremde) Aufzwingen ihrer Macht löste in ihm den Wunsch aus, sich zurückzuziehen, sich mit Distanz zu schützen, denn das war die einzige

Möglichkeit, die ihm blieb. Es war nicht eine Frage des simplen Dominierens, wie er wußte – er hatte nicht das Gefühl, daß sie ihn beherrschen, ihn einer auf Selbstachtung beruhenden Autonomie berauben wollte, wie Susan das vielleicht versuchte. Es war eher so, daß er fürchtete, von ihr überwältigt zu werden. Sie war so stark. Und er wußte, genauso würde sie sich immer verhalten, bei allem, was ihr lieb und teuer war, was ihr am Herzen lag. Wenn sie einmal auf ihre besessene Art die Wahrheit herausgefunden hatte, das , was sie als den Kern einer Beziehung oder einer Idee ansah, dann machte sie sich daran, Illusionen zu zerstören, die vielleicht den Schmerz linderten und die Ängste bannten, für die sie jedoch nur Verachtung empfand. Wenn sie sich einmal entschieden hatte, was zu tun war, dann setzte sie diese Wahrheit durch – ohne Rücksicht auf die Bedürfnisse dessen, der schwächer war als sie, auf die Unzulänglichkeiten dessen, der weniger begabt war, auf die Ängste dessen, der weniger tapfer war. Er bewunderte sie deswegen. Es brachte ihn dazu, sie heftig zu begehren; es machte ihm Angst, sie zu verlieren. Aber es machte ihn auch wütend, dieses Gefühl, schwach zu sein, dazu gebracht zu werden, davonzulaufen, bis es ihn nicht mehr kümmerte, ob das, was sie sagte, die Wahrheit war, ob er im Unrecht war. Wenn er in mancher Hinsicht begrenzt war, dann waren dies eben seine Begrenzungen. Er wollte lieber im Unrecht sein als von einem anderen Menschen besessen werden.

Es war alles andere als einfach für ihn. Diana empfand die Schuld nicht wie er, der Druck einer verächtlichen Identität lastete auf ihm: ein in eine andere verliebter Mann, der seine Frau nicht verlassen will. Und eben dieses gewaltige Gefühl der Ohnmacht und der Schuldhaftigkeit veranlaßte ihn, sie mit seinen Rückziehern zu verletzen, veranlaßte ihn, seine Gefühle für sie so tief wie möglich zu vergraben. Es war für ihn die einzige Möglichkeit, überhaupt noch irgend etwas zu bewahren, noch manchmal mit ihr zusammen zu sein, einen kleinen Teil der Liebe zu behalten, die inzwischen zutiefst verbunden schien mit dem Bemühen, sich jenen verborgenen Teil seiner selbst zu erhalten, den er, wie er sich geschworen hatte, nie wieder ganz verlieren wollte. Sie hatten eine Möglichkeit gefunden, etwas zu retten. Er hätte sich nur gewünscht, daß es Diana mehr befriedigte. Aber Diana war nicht zufrieden. Sie wollte, daß er sie öfter anrief, sie öfter traf, sie so brauchte, wie er sie am Anfang gebraucht hatte.

Du durchfährst mich wie Sauerstoff, schreibt er ihr, *ich brauche dich, wie ich die Luft zum Atmen brauche. Ich halte den Atem an, bis ich dich wieder in die Arme schließen kann.* Sie weint über die Schönheit seiner Worte. Sie verwandelt seine Worte in ein Gedicht. Und sie bewahrt die Erinnerung an diese frühe Leidenschaft wie ein schwächer werdendes Leuchtfeuer, das sie bei ihm hält, das ihn ständig, schmerzlich an die Leidenschaft erinnert, die weder dauert noch sich mit der Zeit auf natürliche Weise verringert zu einer stilleren, durch ihre Ursprünge bereicherten Liebe. Angesichts der drohenden Katastrophe, des Zusammenbruchs seiner Ehe, schwindet sie einfach.

Er hatte hundertmal zu erklären versucht, warum er sie nicht länger so brauchen konnte. Er erinnerte sich daran, wie er sie an jenem Tag vor einem Jahr mit von verzweifelter Vernunft erfüllter Stimme gefragt hatte: «Was mehr können wir uns zu erhalten hoffen in einer solchen Beziehung? Wenn wir irgend etwas bewahren können, Diana, wenn wir überhaupt etwas bewahren können, dann ist das, glaube ich, schon viel.»

Er hörte es sich jetzt wieder sagen, während er zu ihrem Treffpunkt fuhr, und er seufzte unter der kolossalen Anstrengung und hatte noch immer das Gefühl, daß er recht gehabt hatte. Sie wartete wie gewöhnlich an der Ecke. Es war, soweit er sich erinnern konnte, nur zwei- oder dreimal vorgekommen, daß er auf sie hatte warten müssen. Anfangs hatte er ihre fanatische Pünktlichkeit geliebt, daß sie absolut niemals zu spät kam. Aber mit der Zeit hatte er erkannt, daß sie von ihrer Angst herrührte, Menschen zu verlieren – daß sie wider besseres Wissen an dem irrationalen Glauben festhielt, sie könnte Menschen verlieren oder andere Menschen könnten sie verlieren, wenn sie nicht ganz pünktlich war, als würde sie, falls sie zu spät kam, die andere Person vielleicht niemals wiederfinden. Jetzt fühlte er sich bedrückt durch diese Angst. Er erinnerte sich, wie ihr Mann, Julien, einmal beschrieb, wie ihre Angst ihn über die Jahre gequält hatte. Julien hatte gesagt – unschuldig die Arme ausbreitend, falls jemand ihn verurteilen wollte: «Ich kann nie zu spät kommen, ohne mir besorgt sagen zu müssen, daß sie aufgeregt irgendwo auf und ab geht, überzeugt, daß ich tot bin.» Und genauso empfand Michael es inzwischen auch. Es gab oft Augenblicke, in denen er das Gefühl hatte, daß eine enge Verwandtschaft zwischen ihm und Dianas Mann Julien bestand. Mochten sie auch in vieler Hinsicht verschieden sein, wie Diana ihm immer wieder versicherte, waren sie doch in mancher Hinsicht einander sehr ähnlich. Beide bezogen sie ein starkes Gefühl der Stabilität aus einem kräftigen Körper, beide hatten sie viel Sport getrieben, um ihre Körper kräftig zu erhalten. Und beide fühlten sie sich wohl und waren stolz auf diese Seite ihrer Männlichkeit, die damit zu tun hatte, daß man die zentralen Fragen des Lebens im Auge behielt und sich nicht verwirren ließ durch unwesentliche Erwägungen. Daß man tat, was zu tun war. Gewiß, es war leichter für einen Mann wie Julien als für ihn selbst, das wußte er, aber das Ziel war das gleiche. Falls ich jemals in einem Krieg wäre, hatte er einmal gedacht, hätte ich gern Julien als Vorgesetzten. Dieser Mann würde nur durchs Feuer gehen, wenn es unbedingt erforderlich war. Er würde niemals Dummheiten machen, aber wenn er durchs Feuer ging, würde er es schnell und richtig machen. Er mochte Julien aufrichtig – und jetzt schlief er mit seiner Frau.

Er sah Diana warten, sah, wie sie die Straße hinunterblickte und nach seinem Wagen Ausschau hielt. Und da es regnete, hatte sie ihren grünen Army-Regenmantel an, der so anders war als Susans mit viel Bedacht ausgesuchter, teurer eleganter beiger Mantel. Die beiden Frauen waren in allem verschieden, außer auf die oberflächlichste Art betrachtet. Sie waren beide feurig wirkende, semitisch aussehende Frauen. Er hatte immer eine Vorliebe für dunkle, semitische Frauen gehabt. Aber da endete die Ähnlichkeit auch schon. Es war, als repräsentierten sie zwei Epochen aus seinem Leben, die sich unpassenderweise, paradoxerweise überlappt hatten.

Michael hatte sich im denkbar ungünstigsten Augenblick in Diana verliebt. Wäre es in dem Jahr davor gewesen, als er endlich den häßlichen Tatsachen seiner Ehe ins Auge gesehen hatte, hätte er Susan möglicherweise kurz entschlossen verlassen. Nicht ohne Traurigkeit, natürlich, aber mit einem Minimum an Schuldgefühlen. Ein Mann in seiner Lage hätte ein Recht darauf gehabt, fortzugehen. Statt dessen hatte er Diana näher kennengelernt, gleich nachdem Susan zum erstenmal in zwölf Jahren angefangen hatte, ihren Anteil an ihrer verpfuschten Ehe zu sehen.

Er hatte schon ein Jahr lang gewußt, daß Susan eine Affäre hatte. Sie ließ verräterisch Zettel im Haus herumliegen, notierte bedeutungsvolle Daten auf ihrem Kalender. Oder sie kam lange nach Mitternacht nach Hause und behauptete lächerlicherweise, sie hätte sich mit einer Freundin zu einem späten Abendessen getroffen; sie hätte einen Spaziergang gemacht – wo er doch genau wußte, daß sie nachts nicht gern durch die Straßen der Stadt ging. Und jedesmal, wenn er die Sache zur Sprache bringen wollte, schleuderte sie ihm eine ihrer kühlen Bemerkungen entgegen. «Es geht dich überhaupt nichts an, was ich mit meinem Leben mache, solange ich deines nicht störe.»

Erst nach Jahren wiederholter Kränkungen dieser Art hatte Michael eine Konfrontation erzwungen, indem er ihr sagte, er ziehe aus – und sie hatte gewußt, daß er es ernst meinte. Er hatte sie aufgefordert, sich zu entscheiden.

Warum sein Verhalten Susan bewogen hatte, mit dem Versuch zu beginnen, sich zu ändern, verstand er immer noch nicht ganz. Manchmal fürchtete er, daß sie ihn und ihrer beider Leben einfach nur nach neuen Spielregeln manipulierte, da die alten abgenutzt waren. Aber vielleicht lag es auch daran, wie sie sagte, daß die Drohung, ihn zu verlieren, verstärkt ein paar Monate später durch die Entdeckung seiner Affäre mit Diana – seiner ersten in all den Jahren – eine Mauer in ihr durchbrochen hatte, ihr klar gemacht hatte, daß sie ihn wollte. Inzwischen hatte er erkannt, daß, was ihre Macht schien, in Wirklichkeit nur eine Art verzweifelter Kontrolle war, wobei die Verzweiflung aus ihrem zutreffenden, klugen, auf Selbsterhaltung bedachten inneren Wissen erwuchs, daß er bei weitem der stärkere war, daß sie, wenn sie ihn verlor, am Ende sich selbst gänzlich verlor. Und so erhielt sie starr ihre Grenzen aufrecht, hielt ihn auf Distanz, kommandierte ihn herum, als wäre er ein kleiner Junge, sah trockenen Auges zu, wie er weinte, schläfrig, wenn er leidenschaftlich war, zurückhaltend angesichts seiner ständigen Bedürfnisse. Erst wenn sie dieses Spiel lange genug getrieben hatte, Monate hintereinander, brach sie zusammen – plötzlich, vollständig. Und dann brauchte und begehrte sie ihn verzweifelt. Dann wollte sie das kleine und entwurzelte Kind sein, das er ernähren und beschützen mußte – und wenn sie so war, wußte er, daß er sie ebensowenig verlassen konnte, wie er ein kleines, verletzliches Kind hätte verlassen können, das Zuflucht suchend, auf seinen Schutz und seine verantwortliche Kompetenz angewiesen, in sein Leben getreten wäre.

Wenn sie weniger willens gewesen wäre, sich zu ändern, hätte er sie vielleicht verlassen können. Oder wenn sie weiterhin geleugnet hätte, daß sie ihn liebte, und nur wegen der Kinder bei ihm geblieben wäre, wenn sie niemals die Distanz durchbrochen hätte in ihren wilden, hysterischen, infantilen Wutanfällen, wenn sie ihn weiterhin sexuell gedemütigt hätte, indem sie leugnete, daß er anziehend war, sich lustig machte über seine Bemühungen, sie auf seine Weise zu berühren, und sich Nacht um Nacht und Monat um Monat von ihm abwandte. Oder wenn sie so geblieben wäre, wie sie so viele Jahre lang gewesen war und, wie er manchmal fürchtete, wieder werden würde – als lauerte dieser Teil von ihr auf sie beide, zynisch, unmittelbar außerhalb der Grenzen ihrer vorsichtig neu arrangierten Verbindung ... wie sie gewesen war, ehe er sich mit Diana eingelassen hatte.

Er liegt auf dem Sofa und raucht Dope. Seine Kinder schlafen. Seine Frau ist bei ihrem Liebhaber. Er liegt den ganzen Abend da, spielt die Platten, die er liebt und die seine Traurigkeit noch vermehren, bis sie unter Schmerzen in ihm explodiert, ihm das Herz zerreißt. Musik und Dope – er wird immer higher. Er weiß, daß er sehr dick geworden ist. Er ist vertraut mit der Spannkraft seines Körpers, dem Spiel jedes einzelnen Muskels, so wie er vertraut ist mit den Tönen der Musik, so wie sie von den vereinigten Instrumentalstimmen des Songs in einzelne Sounds in seinem Bewußtsein übergeht. Die Musik tut ihm weh, aber sie hüllt ihn ein und hält ihn, wie er gern in jemandes Armen gehalten würde, so wie er seine Kinder hält, wenn sie weinen. Er weint oft. Er weint gern in gewisser Weise. Es gibt so viel tiefe Traurigkeit zu empfinden. Er döst jetzt vor sich hin, higher, immer higher. Er hat wieder zuviel gegessen. Er liebt eine blauäugige Schönheit, eine kraftvolle und sorglose Frau, für die er alles hingibt: seinen guterhaltenen Körper, seine Sexualität, seine Würde. Nur seine Arbeit bleibt unversehrt. Seine Fähigkeit, in einer objektiven Gesellschaftsanalyse weitgehend differierender Kulturen das verborgene Muster unter den scheinbaren Spontaneitäten des Alltagslebens zu entdecken; immer wieder darauf zu stoßen, daß menschliches Handeln – und am Ende die Geschichte des Menschen –, das durch privaten Ehrgeiz und individuelle Leidenschaften motiviert schien, statt dessen durch weit äußerlichere, weit kollektivere Kräfte bestimmt wurde: die Verteilung der Ressourcen, die Erfordernisse des Krieges, die biogenetische Neigung zu bestimmten Strukturen, die Zwänge des Klimas, den Drang, sich mit dem Tod zu arrangieren. Er wußte, er würde niemals den flüchtigen Einblick, den er gelegentlich in die komplizierte Beziehung zwischen dem emotionalen Leben des einzelnen und den gewaltigen, darunterliegenden Strukturen der Gesellschaft gewonnen hatte, in eine akzeptable analytische Fachsprache übersetzen können, aber wie auch immer, er hatte diesen flüchtigen Einblick bekommen. Und er hatte ihn durch Vernunft bekommen, mit Geduld und dank einer langen und engen Bekanntschaft mit Enttäuschungen und Zweifeln.

Die Arbeit bleibt unversehrt. Würdig. Der Statthalter seiner enormen Energie, Zuversicht, Brillanz und Schönheit.

Er braucht nicht aufzubleiben seiner Frau wegen. Er sinkt in einen tiefen Schlaf, stellt sie sich im Einschlafen noch vage im Bett eines Liebhabers vor, den sie ihm bei weitem vorzieht. Eines Tages wird er die Pfunde abstreifen, und ein außergewöhnlich schöner Mann wird zum Vorschein kommen. Starke Arme. Eine breite Brust, teilweise mit hellbraunen, leicht ergrauenden Haaren bedeckt. Hände, die nicht so groß, aber stark und sinnlich sind. Er wird Frauen zur Liebe inspirieren. Sie werden seine dichten braunen

Locken bewundern, seine intensiv blickenden Augen mit ihren langen geraden Wimpern, sein eckiges Kinn – die sinnliche Sanftheit seines Wesens verbirgt sich unter der Oberfläche seiner ganz und gar traditionellen Männlichkeit. Und er wird lernen, wie verrückt zu flirten – und so beweisen, daß er letztlich doch zu diesem wunderbar verführerischen Verhalten fähig ist, das so lange jenseits seiner Möglichkeiten zu liegen schien. Er wird seine Entschädigung finden für seine verlorene Jugend. Er wird wissen, daß er ein guter und empfindsamer Liebhaber ist. Aber vorläufig bleibt er in seiner Ehe, führt seinem Eheleben Nahrung zu und hält daran fest, als würde ohne seine Ehe am Ende irgend etwas in ihm sterben. Ein zweites Kind wird geboren. Eine teurere Wohnung wird gemietet. Ein Landhaus wird gekauft. Nahrung für die Ehe. So daß er sich sagen kann: Aber wie kann ich all das verlassen? Und nur gelegentlich fragt er sich: Warum so lange? Warum all diese Jahre? Warum noch immer? Was denkt er, wie stellt er sich vor, daß Arbeit allein ein angemessener Raum für ihn sei, um seine Leidenschaft zu nähren?

Wenn die Dinge so geblieben wären, hätte es ihm frei gestanden, sie um Dianas willen zu verlassen. Das war es, was er, wie er glaubte, wollte. Wenn er nur an sich selbst hätte zu denken brauchen. Es war ihm klar, klar wie die Dinge klar waren, wenn er ein schwieriges Kulturproblem durchdachte – eine einst chaotische Verwandtschaftsstruktur, korrekt zerlegt in ihre Bestandteile, klar auf eine Art, die nie wieder geleugnet werden konnte, wenn sie erst einmal erkannt worden war: er wollte eine Frau wie Diana, mit all ihrer Intensität und ihren Forderungen und ihren Bedürfnissen, er wollte Diana selbst, vollständig, mitsamt ihrem häßlichen Regenmantel, von dem er sich wünschte, sie hätte ihn nicht getragen.

Und Diana wollte ihn. Sie hatte nie aufgehört, Verlangen nach ihm zu haben. Das liebte er an ihr, obwohl es ihn zeitweise eine leichte Welle der Angst spüren ließ, die, wie er glaubte, die Tiefe seiner Liebe zu ihr maß, eine Liebe, die nie geringer geworden war, wie es die Leidenschaft unweigerlich geworden war. Er fürchtete, wenn die Leidenschaft anhielt, daß er dann Susan verlassen mußte. Und er konnte Susan nicht verlassen. Da waren die Kinder; die vielen Jahre mit ihr; die Bedeutung einer Familie für ihn; seine Furcht, daß Susan sich bei einer Scheidung rächen würde. Und er fühlte eine enorme Verpflichtung ihr gegenüber, seit sie sich neuerdings zu ändern versuchte. Er konnte sie nicht im Stich lassen, wenn sie sich doch solche Mühe gab. Aber es waren nicht nur diese Dinge, obwohl sie alle sehr wichtig waren. Die normalen Ängste verbanden sich mit etwas anderem, etwas Namenlosem, einer sehr irritierenden Sache, da sie ihm so unbegreiflich war und doch so intensiv. Sein Schrecken, wie er es schließlich genannt hatte. Jedesmal wenn er dachte, daß er nun lange genug versucht habe, daß seine Ehe niemals mehr als ein Notbehelf in seinem Leben sein würde, daß er Susan und ihrem Bedürfnis nach Distanz entwachsen sei (er fürchtete diesen Satz, und doch wußte er, daß er genau zutraf), daß er, was schlimmer war, innerhalb dieser Ehe niemals seinem eigenen Befürfnis nach Distanz endgültig entwachsen würde, daß er niemals ein für allemal seine eigene zögernde Leidenschaft, seine eigenen verhaltenen Bedürfnisse befreien würde, jedesmal, wenn er all dies klar und deutlich sah (und die Klarheit seiner Vision stellte sich immer dann ein, wenn er sich erlaubte, die ganze Kraft seiner Liebe zu Diana zu spüren), war er nicht nur von Liebe oder Hoffnung oder Resignation oder normaler Angst erfüllt, sondern mehr noch von einem kindlichen, namenlosen, alptraumhaften Schrecken. Der Schrecken nährte die üblichen Ängste, und die üblichen Ängste saugten an dem älteren Schrecken, so daß, wie stillende Brüste immer größere Mengen Milch geben, je mehr an ihnen gesaugt wird, die unbenennbare Sache deshalb auch gar nicht sterben konnte. Er weinte, zermalmt und erdückt von dem Gefühl eines unvergleichlichen Drucks, und seine Beklemmungen wurden unerträglich.

Er erlaubte sich nur noch selten, in diesen Zustand zu geraten, so daran zu denken. Einst war er jeden Abend mit Gedanken an Diana zu Bett gegangen. Er malte sich aus, wie sie zusammen reisten, zusammen sangen, Freundschaft zwischen ihren und seinen Kindern stifteten, nackt schwammen in jeder Art Wasser. Er hatte ihr so gern zugesehen, wenn sie schwamm, aber kürzlich hatte er sie in einem Becken in der Nachbarschaft schwimmen sehen, und da hatte er absichtlich weggesehen. Und das Wegsehen war ihm leicht gefallen. Es gab sogar Augenblicke, in denen er sich an die einst empfundene Leidenschaft nicht mehr erinnerte. Er hatte sich diszipliniert, sich zu einem notwendigen Rückzug gezwungen. Wenn sein Zurückziehen den Grad erreichte, daß es ihr zu sehr weh tat, zog er sich eine Weile lang gänzlich zurück und sagte, er könne sie nicht treffen, es sei zuviel Gefühl für so wenig Raum.

Er sagte sich, daß er freundlich war. Zumindest würde er ihr nicht wehtun. Und würde sich nicht jedesmal im Büro, wenn das Telefon klingelte, Sorgen machen müssen, daß sie es war und daß er Spießruten laufen mußte, an den grinsenden Gesichtern des Forschungsassistenten und mehrerer Sekretärinnen vorbei, wenn er den heißen Hörer aufnahm. Er würde sich keine Sorgen machen müssen um ihre Ängste, verlassen zu werden, weil er sie schon verlassen hätte. Und er würde sich nicht jedesmal wie ein Verräter vorkommen müssen, wenn er Julien auf der Straße traf, wenn er Dianas Kinder sah, wenn er mit seiner eigenen Frau schlief. Es war dahin gekommen, daß er sich, wenn er mit Susan schlief, nicht sicher war, welche der beiden Frauen er nun betrog. Dann brach er zusammen, und der einzige Ort, wo er entspannen konnte, war die Turnhalle, wenn er Gewichte hob, wenn er seinen Körper in ein erschöpftes Vergessen trieb, bis er sich kaum noch durch die Stadt zurück zu seiner Wohnung schleppen konnte. Er hatte sich gezwungen, mit allem aufzuhören. Das Denken an Diana auf einem Minimum zu halten. Die unvermeidliche Folge seiner Entscheidung zu akzeptieren – wenn es eine Entscheidung war, in seiner Ehe zu bleiben –, nämlich daß er Diana nicht näher sein konnte, daß er nur ein bißchen von sich geben und nur ein bißchen als Gegengabe nehmen konnte. Es war die einzige Möglichkeit, wie er stark sein konnte. Es war die einzige Möglichkeit, wie er damit fertig werden konnte.

Als Diana in den Wagen stieg, sagte sie nur «Hi», ohne ihn zu küssen, ohne auch nur ein Lächeln. Er wußte sofort, warum sie verärgert war. Wochenlang hatte er sie gemieden. Er wußte nicht genau, wann es angefangen hatte, aber die Angst war über ihn gekommen, und – das geschah jetzt automatisch nach einem Jahr – die Angst rief sofort das Bedürfnis nach Distanz bei ihm wach. Er fürchtete sich davor, ihr auf der Straße oder bei einem Schultreffen zu begegnen, während er einst jede Gelegenheit willkommen geheißen hätte, mit ihr zusammen zu sein und sie im normalen Alltag zu erleben. Er log, sagte, er habe zuviel zu tun, um sich mit ihr zu treffen. Und wenn er sich mit ihr traf, fand er jedesmal einen Vorwand dafür, daß er nicht mit ihr schlafen wollte. Hätte irgend jemand ihm von einem Liebhaber erzählt, der sich so verhielt, wie er sich verhielt, hätte er, Michael, gespottet: «Offenkundig liegt ihm nicht daran, sie zu sehen. Es mag eine Menge Gründe geben, aber eindeutig legt er keinen Wert darauf, mit ihr zusammen zu sein.»

Diana oder auch Susan, ja, wirklich, die meisten Frauen hätten versucht, die Ängste zu verstehen, die nachhallenden und alten Dinge, die da am Werk waren. Aber Michael hätte nur gespottet, wenn jemand einen Liebhaber wie ihn beschrieben hätte, einen, der sich gegen Begegnungen wehrte, der sich von jeder Berührung zurückhielt, der gewöhnlich in Schlaf sank nach dem leidenschaftlichsten und höchst seltenen Sex. Er hätte gegrinst über die Naivität der Frau, die hinter ihm her war.

Aber Michael wußte, sobald er Dianas Gesicht sah, daß er dieser Liebhaber gewesen war, und so mußte er sich nicht nur mit den offensichtlichen Folgen seines Verhaltens, sondern auch mit der inneren Geographie seiner Ängste beschäftigen.

Sie lieben sich in der Wohnung eines Freundes – eine Zuflucht, wie er sie gern hat. Sie ist weit entfernt von der Gegend, in der sie selber wohnen, und sie gehört jemandem, den er nicht kennt, Diana hat, wie üblich, alles arrangiert. Das weiche Bett hält ihre Körper warm. Die großen, modernen Fenster, nicht geschützt durch Jalousien, weil sie so hoch oben sind, erlauben ihm, in den grauen Himmel zu blicken, in den Regen, auf die Dächer der niedrigeren Gebäude.

Er erinnert sich daran, wie nervös er gewesen war, ehe sie das erste Mal miteinander schliefen.

«Und wenn es nicht gut ist?» hatte er ihr im Auto ins Ohr geflüstert, während sie sich wie Hungernde küßten und am Ende beschlossen, irgendwohin zu fahren und es zu tun. Er hatte gemeint: Und wenn ich nicht kann, wenn ich nicht steif werde, wenn ich nicht kommen kann? *Zehn Jahr Zurückweisung, zehn Jahre Demütigung.*

Aber sie hatte gesagt: «Wie kann es etwas Schlechtes sein? Und selbst wenn es schlecht ist, wird es gut sein.» Sie hatte ihre Leidenschaft gemeint, ihre Liebe zueinander, und daß das eigentliche Miteinanderschlafen im Moment weniger bedeutungsvoll war. Aber es war in beiderlei Sinn nicht schlecht gewesen. Anfangs hatte er sich davor gefürchtet, daß sie ihn sah, daß sie die weißen Streifen an seinem Körper bemerkte, daß er zu klein sein würde, zu groß, zu dick, zu dünn, wie er sie anfassen würde, vor dem Schuldgefühl, sie in ein schäbiges, billiges Motel geführt zu haben. Aber er vermutete, und sie bestätigte es später, daß sie sich vor ähnlichen Dingen fürchtete, und das hatte ihn erleichtert.

Sie hatten sofort ihre Kleider ausgezogen bei diesem ersten Mal. Sie hatte lange seinen breiten, kräftigen Körper angesehen, der erst seit kurzem wieder schön in Form war; sie war sofort heftig erregt gewesen, so daß sie klatschnaß war vor Verlangen, und ihre Erregung gab ihm Selbstvertrauen. Und dann hatte es keine Furcht mehr gegeben, nur ein überwältigtes und herrliches Staunen, als ob ein anderer Teil von ihm, während er sie anfaßte und leckte und fühlte, wie sie ihn leckte, oder während er mit ihr schlief und ihr gebräuntes Gesicht und ihr zurückgeworfenes Haar zwischen zwei grünen Kissen lag, die dunklen

Augen weit offen, in seine starrend, jede Barriere durchbrechend, die er je gegen sich selbst errichtet hatte – als ob ein anderer Teil von ihm in durch und durch heiterer Verwunderung zusähe. Er war wie ein Mann, der seit Jahren geglaubt hatte, daß er im Sterben begriffen war – und nun plötzlich entdeckte, daß er doch ein ganz normales Leben führen konnte. Er machte sie wild vor Verlangen, er wußte, er würde ihr mit der Zeit noch größere Lust bereiten können, und er ließ sich los und entspannte, in ihrer Hand, in ihrem Mund, in ihr. Sie sagte: *Fick mich,* und sie sagte es laut, wollte es, wollte eindeutig ihn, mit jeder Faser von ihr. Und als er sie schließlich mit festen Stößen fickte, hatte er keine Schwierigkeiten zu kommen. Dann, nachdem sie einige Minuten lang dicht beieinander gelegen hatten, griff sie nach seiner Hand und legte sie wieder auf ihre Möse, wo er sie ruhen ließ, und sie beide lachten über ihr Verlangen. Von diesem Augenblick an war das Lachen ein wichtiger Teil ihres Liebens. Er lachte oft vor Lust auf dem Gipfel seines Verlangens. Er lachte, wenn ihre Erregung, als Antwort auf seine Berührungen oder auf das Spiel seiner Zunge, ihren Höhepunkt erreichte, und sie lachte zurück.

Nach und nach bewegte er seine Hand ganz leicht auf ihrem Unterleib, neckte sie, zog vorsichtig an ihren Haaren und tauchte dann in sie hinein, fand wieder ihre Klitoris, wo er seine Finger aufstachelnd verweilen ließ, sie sanft berührend, rhythmisch, ohne Erbarmen. Und er blickte in ihre Augen und wünschte, er könnte ihre Erregung in sich hineintrinken, sie immer in seiner Gewalt haben wie jetzt, sie kommen sehen. Er hatte das Gefühl, er könnte sie nach Belieben zum Höhepunkt bringen, und er tat es mehrmals, sie kam über seinen Fingern, biß in seine Schulter, hielt seinen Arm eng umklammert, die Beine weit gespreizt, stöhnend, tiefe Laute von sich gebend, und sie schien, so dachte er damals, die stärkste Frau auf der Welt zu sein.

Später, als sie in einem nahen Park saßen und Wurstbrötchen aßen, sagte er zu ihr, er könne keine andere Frau auf der Welt so lieben, wie er sie liebte. Er meinte, daß Diana wie seine Schwester sei; sie war vertraut und offen, so wie er selber zu sein glaubte. Sie war Schriftstellerin, so wie er Schriftsteller hatte werden wollen, ehe der Sog der Wissenschaft, der Welt seines Vaters, ihn unwiderruflich erfaßt hatte. Sie sah ihm sogar ähnlich, fand er; ihrer beider Augen, obwohl von verschiedener Farbe, sahen für ihn irgendwie gleich aus. Sie war die Liebe seines Lebens, meinte er, aber er hatte das alles nicht laut gesagt. Er hatte geglaubt, sie würde es wissen.

Während er jetzt, genau wie bei jenem ersten Mal, auf die grauen Wolkenkratzer hinausblickt, fühlt er sich in sicherer Entfernung von allem außer ihm selbst. Er hält Diana, die auf ihm liegt. Er hilft ihr, langsam ihre Sachen auszuziehen. Ihre großen Brüste fallen auf sein Gesicht, er liebt ihre Brüste, liebt es, wenn sie seinen Mund umspielen, ehe er an ihnen zu saugen beginnt, er hält sie, liebkost sie, seufzt vor

Freude und Verlangen und dann bittet er sie, ihn zu lecken. Sie gleitet hinunter und fängt an, seinen Schwanz zu lecken, langsam zuerst, an den Seiten hinauf- und hinunterleckend, nimmt ihn dann in den Mund, saugt kräftig, so wie sie weiß, daß er es mag. «Warum lecke ich dich nur so gern?» fragt sie verschmitzt, und dann leckt sie ihn wieder, unersättlich. «Ich nehme an, weil ich es so gern mag», antwortet er offen. Sie sprechen oft auf so verrückte Art miteinander, während sie sich lieben, Gespräche, bei denen sie lachen und kichern und über ihr Verlangen sprechen, während sie es empfinden, leichthin davon zu sprechen zuweilen, wenn sie zum Beispiel sagt: *Mmmm, du fühlst dich gut an in meinem Mund,* die Worte entstellt von seinem wachsenden Schwanz, und er lacht nur, lacht, wie ein Kind lachen würde, über den Klang ihrer Worte und darüber, daß sie so redet. Dann möchte er sich revanchieren, und so zieht er sie zu seinem Gesicht herauf, küßt sie, schmeckt sich selbst, als er ihre Zunge schmeckt, dreht sie herum und gleitet zu ihrer Möse und leckt sie, so wie er weiß, daß sie es gern mag, leckt ihre Klitoris, spielt damit, fühlt, wie ihre Fingernägel sich in seine Schulter graben, nicht fest genug, natürlich, um ein verräterisches Mal zu hinterlassen, denkt er ironisch und leckt immer weiter, bis ihre Schreie hoch und wild sind, bis sie außer sich ist, auf einem anderen Planeten, wie sie es einmal genannt hat, bis sie aufs äußerste sein ist, und er leckt sie in einen langen anhaltenden Rhythmus hinein, in dem sie kommt. Sobald sie entspannt ist, faßt er sie wieder an, er möchte, daß sie gleich wieder heiß wird, damit er sie mit harten Stößen vögeln kann, und als sie wieder zu stöhnen beginnt, unter den aufsteigenden Wogen neuer Rhythmen, legt er sich auf sie und schläft mit ihr auf die Art, wie er es am liebsten hat, wenn er ihr direkt in die Augen sehen kann. Er sieht tief in sie hinein, und jetzt gewinnt seine eigene Hingabe die Oberhand, so sehr, daß sein Verlangen plötzlich, ohne Vorwarnung, seiner Liebe zu ihr Raum gibt, seinem gefährlichen Bedürfnis nach ihr, und dann, am Rande dieser unerträglichen Emotionen, kommt, unerwartet, plötzlich, sein Schrecken zum Vorschein, und er fängt an zu weinen, eingeschlossen in den Schrecken dessen, was er tun muß, wenn er sie so sehr liebt, was er tun möchte, Susan *verlassen*, und er kann Susan nicht verlassen. Er hat Angst, Susan zu verlassen. Er liebt Susan. Er braucht Susan. Er hat Angst vor dem, was die anderen über ihn sagen werden – seine Kinder, seine Eltern, daß er eben doch ein schlechter Mensch ist. Wenn seine Kinder erwachsen wären, brächte er es vielleicht fertig, wenn seine Eltern tot wären, oder auch nur sein Vater, wenn sein Vater tot wäre.

Diana liegt unter ihm, ihr eigenes Verlangen rollt von hohen Gipfeln in flache Gewässer von Liebe und Mitleid und Angst vor seiner Angst, und so hält sie ihn und streichelt mit der Hand über sein Haar, während er schreit: *Ich kann nicht, ich kann sie nicht verlassen, ich will es nicht,* während er seinen Kopf hält, während er mit Händen und Füßen auf das Bett schlägt, und sie sagt ihm wieder und wieder, daß sie ihn liebt, da sie nicht weiß, was sie ihm sonst sagen soll, obwohl sie sich denken kann, daß es das letzte ist auf der Welt, was er jetzt hören möchte.

«Wohin möchtest du?» fragt er sanft, als sie in seinem Auto sitzt. Er legt den Arm um sie. Er glättet ihr Haar. Mit der anderen Hand streicht er einmal über ihre Wange und beugt sich leicht zu ihr hinüber. Aber sie kommt ihm nicht entgegen und sagt nur: «Ist mir egal. Ich möchte mit dir reden.»

Als sie auf dem Parkplatz des Restaurants angekommen sind, hat sie angefangen zu weinen, es rauszulassen. «Du demütigst mich», sagt sie zu ihm durch ihre Tränen hindurch, wütend. «Du demütigst mich, wenn du dich Woche um Woche weigerst, mit mir zu schlafen.» Und ihr Gebrauch der Worte, mit denen er sein eigenes Sexualleben jahrelang beschrieben hat, trifft ihn und bleibt in seinem Innern stecken wie ein verschlucktes Messer, wie eine Kugel, die ihn tief drinnen zerreißt, in ihm explodiert.

«Wollen wir irgendwohin gehen, um besser reden zu können?» schlägt er als erstes vor, aber ihr kalter Blick bringt seine praktischen Bemühungen zum Schweigen, und sich in die Hitze und Ungemütlichkeit im Auto fügend, sagt er: «Ich will dich nicht verletzen!» Er wiederholt unzählige Male: «Das will ich nicht.»

«Du siehst mich nicht einmal an, wenn wir uns auf der Straße begegnen», sagt sie, und erbarmungslos zählt sie an den Fingern ab: «Du rufst mich nicht an, du fragst nicht, ob wir uns sehen wollen, du ziehst diese ganze sogenannte Liebe in den Dreck, Michael, du trampelst mit den Füßen darauf herum.»

Ihre Wut, ihre Gekränktheit hüllt ihn in seine immer gegenwärtigen Schuldgefühle ein, er verletzt sie also alle beide, verletzt Susan, verletzt Diana, und er kann sich aus dem Durcheinander nicht selber befreien. Ihm sind die Hände gebunden. Das hatte er eines Tages an einem italienischen Strand erkannt, Tausende von Meilen entfernt von allem. Ihm sind die Hände gebunden. Und schon diese den Umstand vollkommen zutreffend beschreibende Formulierung vermittelte ihm einen Augenblick der Erleichterung. Klarheit.

«Ich will dich nicht verletzen, das weißt du doch bestimmt», flüstert er, und er hört eine vage Andeutung von Unehrlichkeit in seiner Stimme, die sie, wie er weiß, ebenfalls wahrnimmt. Er hatte diesen Ton nicht beabsichtigt, wußte nicht einmal, daß er ihn verspürte, diesen leichten, kaum angedeuteten Wunsch, zu verletzen. Sie übergehen es, beide sind in diesem Moment nicht fähig zu fragen, warum sich dieser Ton plötzlich in seine Entschuldigung eingeschlichen hat oder was er bedeutet. Und statt dessen erzählt er jetzt ganz offen von anderen Dingen, davon, daß er immer Angst bekommt, Angst wegen seiner eigenen Schuldgefühle. Er ist schuldig. Da ist eine Schuld, die bezahlt werden muß.

Er weiß, wie es ist, kalt behandelt zu werden, erinnert sich an den Schmerz, der wie eine Flüssigkeit unaufhaltsam tiefer und immer tiefer sickert, bis er lernt, seinerseits kalt zu sein. Bis er schließlich lernt, seine eigene verräterische und unerträglich primitive Verletzlichkeit zu beherrschen, zu bezwingen, da eben sie die Grundlage seiner potentiellen Demütigung ist. Und indem er sie bezwingt, lernt er kalt und sogar grausam zu sein.

«Du bist einfach kalt», sagt sie zu ihm, «kälter als die immer von dir beschriebene Kälte Susans. Wie Eis, Michael.»

«Es tut mir leid, es tut mit leid, du hast recht», sagt er.

Sich stark fühlen. Geschützt durch die Verleugnung des Verlangens. Wenn er bei Susan diese wechselseitige Macht ausprobiert, nachdem er die Wagschalen jetzt etwas besser ausbalanciert hat, reagiert sie entsprechend. Je kälter seine Stimme, je klarer beleidigend seine Bemerkungen, um so erhabener wird sie, zieht sich zurück, zieht sich in sich selbst zurück, als ob ein mit Atlas bezogener Thron hinter ihr wartete, auf dem sie Zuflucht suchen kann. Sie will nicht schwanken, sich nicht vernichten lassen. Im Gegenteil. Wenn er so ist, dann ist sie stark. Susan kann er mit seiner Kälte nicht verletzen, nur mit jener anderen Art des Betrugs, die er besser unter Kontrolle hat.

Aber Diana, Diana, die eine Art Identität aus ihrer Durchdringlichkeit macht, Diana leidet und blutet und ist verwundet und besiegt durch seine Kälte, seinen regelmäßigen Zyklus des sich Zurückziehens, den er inzwischen so gut kennt, durch die Art, wie er leidet, wenn er von sich selbst enttäuscht ist, durch die Art, wie er tobt, wenn er sich selbst verleugnet. Sie ist seinen Verweigerungen hilflos ausgeliefert.

Er ist zurückgewiesen worden. Er kennt den Schmerz. Er erlebt ihn noch immer, weniger zwar, aber noch immer, bei Susan. Und ihre Zurückweisungen, wie sehr sie ihn auch verletzen mögen, erlauben ihm seine.

«Wir können uns nicht mehr treffen, Diana, ich verletze dich zu sehr. Ich kann nicht alles haben, und ich kann Susan nicht verlassen. Wir müssen versuchen, uns wieder zu trennen, für eine Weile, vielleicht nur für eine Weile.»

Er sieht auf das Armaturenbrett hinunter, nimmt ihre Hand und streichelt jeden einzelnen Finger – eine jener kleinen, liebevollen Gesten, die zu vollbringen er über einen Monat lang nicht fähig gewesen ist.

«Das war's dann?» sagt sie. «Das war's?» Und dann, mit einem absichtlich aggressiven Ton in ihrer plötzlich sicheren Stimme: «Wann wirst du endlich der Tatsache ins Gesicht sehen, Michael, daß du ein Recht auf Glück hast? Was wirst du jetzt machen? Zu deinen Eltern und zu deinen Kindern und zu Susan gehen und sagen: ‹Seht her, ich bin ein braver Junge, ich habe wieder etwas, was ich gern wollte, aufgegeben.› Willst du das, Michael?»

Aber die Lust, die sie bei ihrem ätzenden Sarkasmus verspürt, von dem sie weiß, daß er ihn haßt, verwandelt sich angesichts seiner sofortigen, sichtbaren Qual in Trauer, und sie sagt: «Ich liebe dich, Michael. Das willst du also nicht?»

Sie berührt sein Haar, fährt mit dem Zeigefinger über seine breite Stirn, glättet seine schmalen, schön geschwungenen Brauen, wischt seine Tränen weg, zieht seine Lippen mit ihrem Daumen nach, hält ihre Hand unter sein breites Kinn und legt ihre Hand dann wieder in ihren Schoß, wo er sie in seine nimmt.

«Ich liebe dich auch, Diana», antwortet er. «Das macht es so schwer.»

«Aber wenn wir einander lieben, warum können wir uns nicht einfach mehr Zeit gönnen», sagt sie und trifft ihn mit ihrer gefährlichen, vergeblichen Hoffnung auf eine Umkehr, eine plötzliche Wendung des Schicksals, eine auf wunderbare Weise wiedergewonnene Macht. «Warum können wir einander nicht einfach lieben, Michael, mit Freuden?»

Aber die Möglichkeit einer freudigen Umkehr gibt es nicht. Nicht jetzt. Und er sagt: «Ich kann nicht, Diana. Ich weiß, ich kann nicht. Ich habe es versucht, und ich kann nicht. Nicht jetzt.»

«Das war's dann wohl», wiederholt sie mechanisch, hegt das *nicht jetzt* wie einen Schatz, ergreift es, steckt es ein, atmet es ein, schluckt es. Sie umarmt ihn, weint mit ihm, bis er, der sich verzweifelt gegen seine eigene Kapitulation wehrt, sich losreißt, nach dem Steuer greift und sagt: «Geh, Diana. Geh, geh einfach weg.»

Sie versucht es. Sie steigt aus dem Auto, aber sie kann nicht weggehen, und sie sagt; «Du mußt zuerst wegfahren, ich kann nicht weggehen.»

Aber er sagt: «Nein. Du mußt nur gehen, ich muß das Auto fahren.»

Seine Logik ist unsinnig, aber sie versucht zu gehorchen und es ihm so leichter zu machen, und sie zwingt sich, zur U-Bahn zu gehen, wobei sie sich immer wieder fragt, wie sie den ganzen Weg nach Manhattan schaffen soll, ohne laut loszuschluchzen; sie quält sich mit ihrer offenen Verzweiflung.

Nachdem sie gegangen ist, sitzt er einen Augenblick lang hinter dem Steuer, um sich zu sammeln. Er sagt sogar laut zu sich selbst: Sammle dich! Und dann, spöttisch: Sammle deine Ichs zusammen! Er denkt, daß er sie früher oder später wieder anrufen wird, daß er eine völlige Trennung nicht aushalten wird, daß er ihre Lust brauchen wird, Lust wie die Lust des Atmens, das fast unbewußt geschieht, aber ohne das man nicht leben kann. Er atmet tief. Er zieht die Wangen ein und senkt sein Kinn in einer vertrauten Geste des Schmerzes. Er nimmt ein paar Bonbonpapiere von dem Sitz und wirft sie in die kleine Mülltüte aus Plastik, die Susan immer an das Armaturenbrett hängt, hebt einen Kinderhandschuh vom Boden auf und stopft ihn sich in die Tasche, damit es am nächsten Morgen nicht eine wilde Sucherei gibt. Und dann fährt er zurück zur Arbeit.

Ende

Inhalt

JANE LAZARRE

Über die Liebe zu Männern

«Ich bin Feministin, ich habe Männer gefürchtet und gehaßt und doch immer Männer geliebt.»
Deutsch von Jutta Rosbach.
221 Seiten. Kartoniert.

Jane Lazarres Buch ist der Versuch, eine weibliche kreative Subjektivität zu entwerfen, die sich nicht durch Distanz zu Männern auszeichnet, sondern das Wagnis auf sich nimmt, durch ihre Liebe, ihr Begehren und ihre Trauer hindurchzugehen, sich zu verlieren und wiederzufinden: «Die Suche nach solchen Beziehungen aufzugeben, einerlei als wie undankbar sie sich erweisen mag, hieße meine Leidenschaft leugnen, meine Macht verraten, meine Söhne im Stich lassen.»

ROWOHLT